A todos los voy a matar

MARTHA BEATRIZ BÁTIZ ZUK

A todos los voy a matar

Prólogo
de
Daniel Sada

EDICIONES

S.A. DE C.V.
MONTERREY
NUEVO LEON
MEXICO

Coordinación editorial:
Juan Guillermo López

Cuidado de la edición:
Pedro Luis García

A todos los voy a matar
Colección Más Allá Vol. 32

© Primera edición, 2000
Ediciones Castillo, S.A. de C.V.
Privada Fco. L. Rocha No. 7
C.P. 64630 A.P. 1759
Monterrey, N.L., México
e-mail: castillo@edicionescastillo.com
www.edicionescastillo.com

Miembro de la Cámara Nacional
de la Industria Editorial Mexicana
Registro No. 1029
ISBN 970-20 0087-4

Impreso en México
Printed in Mexico

Agradecimientos

A Daniel Sada, quien ha acompañado mis pasos desde los primeros cuentos y me ha brindado su confianza y apoyo no sólo como asesor, sino como amigo.

A Alí Chumacero y a Carlos Montemayor, por sus muchas y muy valiosas enseñanzas.

A Raúl Trejo Delarbre, por haber sido tan entusiasta y generoso al publicar mis primeros textos.

A Huberto Batis, quien además de mi editor y fotógrafo más constante, ha sido mi maestro, amigo y tío insuperable y consentido, gracias mil.

A José Antonio Alcaraz, gracias también.

A Gonzalo Valdés Medellín, por haber sembrado en mí la inquietud de compartir la escritura.

A Sergio Zurita, por haber insistido tanto en que lograra esto.

Y a todos mis amigos, que han sido una fuente inagotable de fuerza.

Estos cuentos fueron escritos durante las becas con que fui beneficiada: Instituto Nacional de Bellas Artes (1993-1994), Centro Mexicano de Escritores (1994-1995) y Jóvenes Creadores del FONCA (1995-1996). Agradezco a estas instituciones su apoyo, y también agradezco a mis compañeros becarios –y a quienes estuvieron conmigo en el taller de Daniel Sada más tarde– su paciencia y buenas recomendaciones.

Para mis padres, Enrique Bátiz y Eva María Zuk,
y mi hermano Enrique,
por su apoyo incondicional y cariño constantes.

Para Edgar Tovilla.
Gracias por haber llegado a mi vida.

Índice

Prólogo

A todos los voy a matar, este es el título –¿provocador, ¿sintomático?– que Martha Bátiz ha elegido para este su primer volumen de cuentos. Tal osadía es fiel a una propuesta literaria absolutamente radical, despojada de sutilezas inanes, que hace de estas historias un caso único, asaz deslumbrante, sobre todo en lo que concierne a la literatura escrita por mujeres, y más aún de los tópicos –casi siempre manidos– que aborda el común de las escritoras mexicanas.

Hacia 1992 conocí a Martha cuando obtuvo la beca de Bellas Artes para jóvenes creadores, y desde un principio me impactó su recia personalidad y el determinismo dramático de su arte. Se trata de una escritura sentida de raíz y proyectada hasta los límites de la conciencia, ahí donde el amor, la ternura, la conmiseración o el odio se debaten *in situ* para estimular, sin remilgos, el deseo de venganza, la pasión más desbordada o la ternura más exquisita. Pareciera que los personajes reclamaran para sí todo lo que los demás son capaces de dar, pero que a causa de su indefinición vital y sentimental la ocultan, ya sea por hipocresía, por perversión o por egoísmo. Se trata de un libro hecho a conciencia, retrabajado hasta el delirio, donde la autora se involucra por entero en cada situación que postula, y arremete, hasta las últimas consecuencias, contra todo aquello que en apariencia es sublime, pero que en esencia no pasa de ser un simulacro.

El lector tiene en sus manos una obra originalísima en nuestro entorno. *A todos los voy a matar* es la apuesta frenética de una autora que sabe lo que quiere, que conoce a la gente y que es capaz de dejarse contagiar por los sentimientos de sus personajes, así como sus estados de ánimo, a fin de darle mayor amplitud dramática a las situaciones en las que se ven envueltos.

DANIEL SADA

La primera taza de café

No hay nada más amargo que la primera taza de café. Esta madrugada me di cuenta. No le caiga de extraño que se lo diga; es la pura verdad. A mí las mentiras nunca me han gustado. Apenas hoy probé el café. Lo había visto, claro, y olido muchas veces. El aroma me gustaba mucho, pero nunca imaginé que fuera tan amargo su sabor. Tobías no me dejaba beberlo porque se lo había prometido a mi papá. Él siempre decía que manchaba los dientes, hágame el favor. Como si a estas alturas eso importara algo. Pensaba que las damas no debían tomar más que "té, Greta, y leche". Fíjese nomás, con esta cara de india y me puso Greta. Hasta parece chiste. Era muy necio el condenado, y severo. Nunca me atreví a desobedecerlo. Luego me obligó a casarme con Tobías y acabó de desgraciarme la vida. Ni sé cómo aguanté tanto, pero, bueno, fue mi culpa por dejada. Por dejada y por taruga. ¿Puede servirme un poco más? Perdone que le diga esto, pero como no hay nadie más aquí… Estoy cansada. Ocho horas hizo el camión para llegar y desde el medio día ando busque y busque a Claudia, mi amiga, y no la encuentro en ninguna parte. Donde antes estaba su casa ahora hay un parque. Le paso que se hubiera mudado y ocupara la casa alguien más, o que fuera una tienda de abarrotes, mini súper, hasta una oficina, cualquier cosa: pero no entiendo para qué la tumbaron. Por qué ahora es parque. Aquí lo que sobra son espacios abiertos y aire. Aire seco, polvoso, que todavía huele a caca de chivos y vacas. Siempre ha sido así. "Ese es el problema: la gente vive de aire y se llena de aire y luego ya no piensa como gente, sino como animal", decía Claudia. También, que respirar la caca dañaba el cerebro y que tenía que irme antes de que me pasara lo que a todos y me quedara a morir aquí. Pero para mí, irme fue peor que quedarme. Ahora lo sé.

Estaba segura de que todavía iba a encontrarla en su casa hoy. Me imaginaba la cara de sorpresa que pondría cuando me viera aparecer, después de quién sabe cuántos años, y tan pasada de peso. No crea que yo era así cuando me fui con Tobías, qué va. Pero ya qué le hago: con dinero la infelicidad engorda, y lo malo es que mi marido tenía mucha lana. No paraba de presumirla. Precisamente le traje a Claudia los regalos que él me dio porque yo no quiero nada suyo. Necesito entregárselos, pero nadie sabe dónde pueda estar. Dicen que el parque tiene rato ahí. La gente que yo conocía se fue, o ya se murió, fíjese. Lo supe porque fui al panteón a ver si acaso encontraba alguna lápida con el nombre de Claudia, para salir de dudas y quitarme ese pendiente, pero en vez de la suya me topé con muchas otras que no esperaba. Es como si la muerte no se hubiera separado de mí estos últimos días.

Odio a los policías, por eso no quise quedarme allá. Luego hacen muchas preguntas y lo acusan a uno sin deberla ni temerla. Lo de Tobías no fue mi culpa, y me llevé sólo lo mío para que no me colgaran milagritos. Tarde o temprano las cosas le iban a salir mal, y se lo dije. Ese juego era muy peligroso. Ahora lo único que lamento es que no se me hubiera ocurrido antes ayudarle al destino. Los dos hubiéramos sufrido menos, creo.

No pude terminarme el café antes de salir. Dejé la taza medio llena sobre la mesa. Fue la primera vez desde que me casé con Tobías que pude dejar un traste sucio. Hasta me dieron ganas de sacarlos todos y embarrarlos de salsa y aceite, nomás por darme el gusto de no oírlo gritar después y sentirme dueña de la casa, pero no tenía tiempo para eso. Apenas junté unas garritas en una maleta y las cosas para Claudia, y fui a la estación. Era casi la media noche y tenía sueño, pero no pegué el ojo en todo el camino pensando en lo que había pasado y en cómo iban a ser las cosas de ahora en adelante.

Sí, ándele, échese una conmigo, total.

"Greta, el baño; Greta, la comida; Greta, sóbame la espalda, hazme un nudo en la corbata, cose este botón". Tobías no me dejaba en paz. No me permitía salir a la calle sola, como si fueran a robarme o yo qué sé. Pero míreme, quién se va a fijar en mí. Todavía antier me acompañó al mercado. Y la cafetera, bajo llave, por supuesto. Era su obsesión: otra manera de controlarme y demostrar su *poder*. Cuál, si no podía nada el infeliz. Por eso en las noches se encerraba en su recámara a jugar con la pistola.

La primera vez que lo vi hacerlo fue en nuestra noche de bodas. Yo estaba muy asustada, como es natural. Para empezar, no lo quería. Ni siquiera me interesaba su dinero. Él se desvistió sin ganas y yo con mucho miedo, y nos metimos en la cama. Puso su mano en mi vientre y la fue bajando poco a poco para abrirme las piernas. Se acostó sobre mí, sentí su aliento en la oreja y el cuello, y apenas había cerrado los ojos cuando él se levantó y fue derechito hacia el buró. Sacó su pistola y se la metió en la boca. Antes de que pudiera hacer algo para quitársela, disparó. Me tapé la cara con las manos, pero nada. Otra vez no pasó nada.

El resto de la noche ni se me acercó. Guardó la pistola en su lugar y se echó a dormir en un sofá. Primero se la pasó dando vueltas y vueltas. No podía dormir, y yo menos. N'ombre, qué iba yo a cerrar los ojos: no hice más que rezar para que alguien me sacara de allí y me regresara a mi casa. Prefería estar con mi papá y aguantarlo a él, total, ya le había agarrado el modo. Pero bien pronto me di cuenta de que no podría escaparme.

Al día siguiente me llevó a conocer la ciudad, me compró unos vestidos muy bonitos y algunas joyas. Hasta parecía orgulloso de caminar conmigo. No me perdió de vista ni un momento, qué va, con decirle que cuando tuve que ir al baño me esperó en la mera puerta. Aquí él tenía fama de ser el más fuerte, el mejor partido, que le dicen, y por eso mi papá estaba seguro de que me convenía estar con él. "El Tobías es un catrín, Greta –dijo el día que nos despedimos–, por lo menos no te faltará nada y hasta vas a parecer una reina con él." Y sí, tenía buen gusto para vestir y le gustaba tomarme del brazo por la calle, presentarme con sus amigos diciéndoles: "Esta es mi vieja, quiubo", y gritar, eso también le gustaba un montón. No sé cómo no se le reventaron los pulmones en alguna borrachera. Pero no me dejaba salir sola. Los primeros días era de entenderse: lo único que yo quería hacer era largarme, buscar a Claudia y pedirle que nos fuéramos, o que me dejara estar en su casa, o algo. Luego pasó el tiempo y las ganas de irme no eran tantas.

Cuando volvía tomado, Tobías lloraba y me pedía que no lo abandonara. Eso me daba ternura. Se acurrucaba entre mis brazos como un niñito. Le empecé a agarrar cariño aunque no me dejara salir sola y cerrara la puerta con llave antes de irse. Lo bueno es que me compró una televisión y así no me aburría tanto mientras lo esperaba. Pero en las noches, usted entiende, pues dormía junto a mí nada más, dormía y ya, ¿entiende? No me tocaba. "¿No quieres tener hijos?", le pregunté un día. Ay, cómo me arrepentí. Me dijo que si no lo creía lo suficientemente hombre como para hacerme un montonal de hijos, él me iba a demostrar que estaba equivocada, me pegó, se bajó los pantalones y... Nada. Otra vez no pudo, como en la noche de bodas. Me golpeó tan duro que tuvo que llevarme al hospital porque se me abrió la cabeza –mire, aquí tengo la cicatriz, no crece cabello alrededor–. El doctor quería saber qué me había pasado, y si quería acusar a mi marido, pero no me atreví. Tobías traía una cara de arrepentimiento que no podía con ella y yo, la verdad, no quería tener nada que ver con la policía. Ya le dije que odio a los policías. Así que le juré al médico que me había caído por la escalera. No me creyó, pero qué importaba. Después de eso Tobías me regaló una esclava de oro con mi nombre de un lado y el suyo del otro, y también un perrito –le puse Nicolás– para que no estuviera tan sola en la casa. No volví a mencionar lo de los hijos para no ponerlo en vergüenza y por un rato estuvieron bien las cosas.

Como me pasaba el día entero en la casa tejiendo carpetas, bordando nuestros almohadones, haciendo el quehacer –él quería todo siempre impecable– y viendo la televisión, pues perdí la figura. Además, ya en ese entonces no era ninguna jovencita. Tobías me acompañaba a comprar más ropa y al mercado, y seguía regalándome cositas de plata, o de oro de vez en cuando, pero ya no me dejaba ir con él a ninguna otra parte. Creo que le daba pena que lo vieran conmigo. Ya no invitaba a sus cuates a la casa –la verdad, era mejor porque se ponía insoportable cuando estaba con ellos, agarrándome las nalgas con las manotas sucias frente a ellos, vigilando todos los gestos, las caras, para que nadie se atreviera a echarme un lazo ni a hacerme plática siquiera– y a veces no llegaba ni a dormir. El Nicolás se sentaba junto a mí y yo le acariciaba la cabecita, y así nos quedábamos hasta que amanecía. Esa fue la época en que Tobías dejó de jugar con la mentada pistolita. Yo no le dije nada porque se veía contento, tranquilo. Pensé que tal vez andaba con alguien más pero no le reclamé nada. "Tú eres mi santa", me decía al llegar. Yo de plano ya ni lo miraba. Empecé a vivir sólo para soñar con volver aquí. Lo único que me desaburría era estar con mi perro. Le daba de comer lo mismo que a Tobías –a escondidas, claro– y jugaba con él muchas horas. Lo tenía bien bañadito, precioso. Le tejí un suéter para cuando hiciera frío. Me hubiera encantado que mi papá lo conociera. Él era geniudo y terco, pero muy animalero, sí señor. Y seguro a Claudia también le hubiera gustado el Nicolás. Pero se murió de viejito y nunca lo pude traer. Tobías no me dejó.

Me acostumbré tanto a salir con mi marido que ayer en la estación de camiones me sentí perdida y casi me puse a llorar. Caminar entre tanta gente extraña sin alguien que me guiara me hizo sentir muy insegura. Me moría de ganas de llegar aquí. Pensé que en cuanto encontrara a Claudia todo iba a estar bien, pero ya ve que no he dado con ella y este lugar ha cambiado tanto que me siento más perdida todavía. Mi papá se murió hace mucho. Era mi única familia, pero ni así me dejó venir Tobías. Inventó cualquier cantidad de pretextos para no acompañarme, hasta que "no podía faltar a su trabajo". Caray, ¿a poco mi papá tenía que esperar "las vacaciones" de Tobías para morirse? De todas maneras nunca salíamos de viaje. Para qué le voy a mentir: me costó mucho perdonarlo. Así y todo, lo hice. También acabé por perdonar los golpes, le digo, y que no me dejara tomar café ni andar sola. Pero la gotita que derramó el vaso fue lo que le hizo a Nicolás segundo.

Cuando se murió mi Nicolás Tobías sí me acompañó a enterrarlo. Yo estaba muy triste. Me la pasaba llore y llore, y ninguno de los regalos de Tobías me consolaba, hasta que un día, en el mercado, Tobías me compró un conejo con todo y su jaula. Era blanco con los ojos colorados y la nariz rosa –común y corriente, pues– pero yo lo veía chulísimo. Cuando era niña, en la casa teníamos muchos conejos y a mí me encantaba darles de comer y cuidarlos. Así que me puse muy contenta.

Mientras hacía la comida o la limpieza, Nicolás segundo estaba en su jaula, pero luego lo sacaba y lo ponía en mis piernas para ver televisión. En las noches ya no esperaba a Tobías porque me había acostumbrado a que llegara de madrugada. Dejé de preocuparme por él y de pedirle que pusiera teléfono en la casa para que me avisara dónde andaba. Ya parecía que el señor me iba a avisar algo, n'ombre, hacía lo que se le antojaba, así que a mí acabó por darme igual si iba o venía. Mientras veía mis telenovelas o mientras bordaba, me ponía a platicar con Nicolás segundo, que era muy inteligente y me miraba como si entendiera todo lo que le decía. Muchísimas veces le conté de mi papá y también de Claudia.

Pero ahí tiene que hace tres días llegó el hijo de la chingada de Tobías –perdón, es que creo que ya me pegó esto, como no estoy acostumbrada a beber– bien borracho y dizque con hambre, y en vez de despertarme para que le guisara algo, como era su costumbre, se le hizo fácil… Hasta me dan ganas de llorar nomás de acordarme. El condenado echó a Nicolás segundo en una olla. Le rompió el cuello y lo echó en una olla para comérselo de almuerzo. Hizo mucho ruido cuando salió de la cocina porque se tropezó de tan tomado que venía, y por eso me di cuenta de lo que estaba pasando. Fue la primera vez que le reclamé algo. "Para qué necesitabas comerte a mi conejito, ya estaba viejo, ¿a poco te dijeron que con eso por fin se te iba a parar? ¡Ni porque la Virgen quiera se te va a parar, cabrón!", y no sé qué más grité ni cómo no se me reventaron los pulmones, pero dicen que uno termina aprendiendo las mañas de la persona con quien vive, y yo ya no quería tolerar más al desgraciado de Tobías. ¿Qué necesidad de agarrar así a mi pobrecito Nicolás segundo? Era mi única compañía. Tobías me golpeó, pero no lloré. Mire, traigo los moretones en los brazos, pero le juro que no solté ni una sola lágrima. Repetí muchas veces lo que pensaba de él, hasta que yo creo que se cansó de oírme y por fin se rindió. ¿Y adivine qué hizo? Pues luego luego se fue al cuarto a jugar con su pistola. Sólo tenía una bala y la mala suerte quiso que no le tocara. Otra vez se salvó sin merecerlo. Creo que nunca había estado tan furiosa en mi vida.

La espera fue terrible porque esta vez tardó un día y medio en aparecer de nuevo por la casa, y de pronto lo creí capaz de dejarme encerrada para siempre, así que estuve angustiada por eso.

A Nicolás segundo lo enterré en una maceta, ¿dónde más? El patio era de cemento y no había ni un triste pedacito de pasto. ¿De qué servía tener una casa grande sin jardín? Se lo dije a Tobías no sé cuántas veces, pero en eso se negó a complacerme. Decía que se iba a meter mucha tierra y polvo a los cuartos, hasta de insectos habló. Como si aquí, donde me conoció, no hubiera habido nada de eso.

Total, que cuando Tobías volvió traía de regalo un collar de perlas. Yo creo que ya se le había olvidado que con ése, eran ya cuatro los que tenía. Y todo para qué, si no podía usarlos para ir a ningún lado. Se lo dije: "No me importan tus regalos, no eres hombre", le grité, y aventé el collar por la ventana. Claro que tuve cuidado de estar cerca de la puerta del baño para poder cerrarla antes de que entrara a pegarme. Estuvo mucho tiempo ahí, esperando que saliera, pero yo me senté en el piso y pensé que, por mí, podía quedarse horas afuera, porque no me importaba estar horas metida en el baño. Finalmente se cansó y salió cuando empezaba a anochecer.

Bueno, sí nos la tomamos, pero que sea la última.

Me hice la dormida cuando lo oí regresar, pero me di cuenta perfectamente de que venía borracho porque se tropezó otra vez. Entró al cuarto y se quedó de pie, junto a mí, pero yo ni loca iba a abrir los ojos. Pensé que me iba a golpear, porque se había quedado con las ganas, pero luego sentí cómo se sentaba en su lado de la cama y abría el cajón del buró. Por un momento sentí el impulso de advertirle acerca de la pistola, pero ya era tarde para arrepentirme. No se lo vaya a decir a nadie, ¿eh? Mientras estuvo fuera decidí buscar por todas partes hasta encontrar el resto de las benditas balas y ayudarle con el juego que tanto le gustaba. Puse cuatro más: así le quedaba todavía un espacio vacío. Si el destino de veras en serio quería que las cosas fueran así, sobreviviría.

Pensándolo bien, sí quiero otro poquito. Pero sólo hasta la mitad, por favor. Ahora sí es la última.

Me tapé bien con la cobija y empecé a rezar un Padre Nuestro. Ni siquiera iba a la mitad cuando oí el disparo. Escuché que cayó en el piso y quise levantarme para ver qué había ocurrido exactamente, pero me dio mucho miedo. Luego recordé que yo lo había dejado todo en manos de Dios y, por lo tanto, lo que había pasado no era sino su voluntad, así que me sentí aliviada. Fui a verlo y a quitarle las llaves de la casa para poder salir. ¿Cómo ve que ahora sí lo tenía parado? Casi no lo podía creer cuando me di cuenta.

Le quité el llavero y ahí, de paso, encontré la del candado de la gaveta donde guardaba la cafetera, así que me preparé una taza. Hacía mucho tiempo que había dejado de interesarme el sabor del café –me conformaba con su aroma– pero en ese instante me entraron unas ganas enormes de probarlo. Guardé las cosas para regalarle a Claudia, algo de ropa y abrí la puerta para ir a la estación de camiones lo más rápido posible y tomar el primero que viniera por estos rumbos. Ni siquiera volví a mirar a Tobías.

Pues ya le digo, por eso estoy aquí. Yo creo que a nadie se le va a ocurrir buscarme tan lejos. No sé qué voy a hacer si no encuentro a Claudia. La busqué toda la tarde. Es ridículo que en el lugar donde estaba su casa ahora haya un parque. Mañana, cuando me sienta mejor, voy a ir a preguntar por todas partes qué pasó. Ahorita me da vueltas la cabeza... No, gracias, no quiero una taza de café. Ya le dije que no hay nada más amargo.

Hormigas

Tuve insomnio y pasé la noche entera matando hormigas.

Se apoderaron de la casa desde que murió Tomás. Una hilera larga de granitos negros escurriéndose por la pared, yendo y viniendo apresuradamente de la ventana hasta la mesa de la cocina. Invadieron el baño, mi clóset, incluso la alacena, aunque está vacía. Unas andaban nerviosas y veloces por la mesa, como si pensaran que la libertad que les había concedido sin querer no iba a durar mucho y quisieran aprovechar los restos del festín de cera con azúcar y chocolate molido. Otras, que investigaron más a fondo las habitaciones, decidieron instalarse en el cajón donde está el Flaco. A esas no me gusta verlas. Por eso nunca me acerco ahí.

En las repisas del armario, bajo el colchón, e incluso dentro de la vieja grabadora sin pilas habíamos escondido algunas galletas cuando decidí iniciar la dieta. La idea fue de Tomás: en algún momento de ansiedad podían serme útiles. Luego él se murió y yo las olvidé. Deben de estar rancias, pero a las hormigas les gustan de cualquier forma. Caminan, comen sobre ellas hasta saciarse y después acarrean las migajas a algún sitio más allá de la ventana. No he descubierto su hormiguero, pero sé que está en algún lugar del jardín, quizá cerca del columpio oxidado de Isabel. El pasto está crecido y disparejo, cubierto de hojas secas porque el otoño llegó unos días después de que tomé la determinación de no salir a ninguna parte y no he barrido desde entonces.

Por si acaso volvía Isabel, ponía siempre tres lugares en la mesa. Tomás nunca se resignó a su ausencia y se empeñaba en que todo estuviera impecable para darle la bienvenida en cualquier momento. Ni pensar en deshacernos del columpio o cualquiera de sus demás cosas: las fotografías, los libros, una muñeca despeinada y la ropa permanecieron en el mismo sitio en que ella las había dejado. Después de la muerte de Tomás intenté continuar con la rutina, pero poner dos cubiertos en lugar de tres y soportar cada tarde que uno permaneciera intacto me deprimía, y dejé de hacerlo. Ahora no sólo me parece inútil y estúpido asear un sitio en el que nada más estoy yo, sino que ya ni siquiera me siento a la mesa para comer. Hasta hace poco la utilizaba exclusivamente para preparar las velas, pero se terminó el azúcar, el chocolate me lo comí y lo demás está lleno de hormigas, de modo que no puedo continuar con el embrujo.

Además, hoy ya no tiene caso.

Comencé a escondidas, unos cuantos días antes de la muerte de Tomás, para ver si lograba que Isabel volviera a casa. Sabía lo importante que era para él verla de nuevo; lo hice por eso. Fui a comprar varios paquetes de veladoras de sebo y, con un palillo de madera, escribía en ellas los nombres de Tomás e Isabel muchas veces, con letra pequeñita, hasta llenarlas por completo. Luego las cubría con la mezcla de azúcar y chocolate, y las prendía rezando un padre nuestro. Primero una cada noche, para que Tomás no se diera cuenta, pero cuando empeoró y ya no pudo salir de la recámara, preparaba dos o tres y las dejaba encendidas hasta el amanecer.

A Isabel le envié un telegrama al que no respondió. "Tal vez anda de viaje", le dije a Tomás cuando preguntó por ella de nuevo, aunque yo sabía perfectamente que no era cierto, que Isabel estaba en la ciudad y que si no venía a la casa era porque aún no me había perdonado. El aroma del humo y las medicinas impregnó pronto la casa, sobre todo a partir de que cerré todas las ventanas para evitar cualquier corriente de aire; el olor empeoró desde que regresó el Flaco, pero ya también a eso estoy acostumbrada. Las hormigas lograron colarse a través de un agujero minúsculo que hay bajo el marco; una araña tejió su tela un poco más arriba, cerca de la manija. Hasta ayer, ella era la única que en realidad se ocupaba de las hormigas.

Las últimas noches fueron las más difíciles. Me habría sentido desamparada de no ser porque llegó el Flaco, un gato esmirriado y pulgoso que, después de la primera lata de atún, se convirtió en *mi* gato y me acompañaba todo el tiempo: al bañar a Tomás con una esponja o darle de comer en la boca, durante el aseo de la casa y mientras preparaba las veladoras. Tomás lo rechazó, aunque estaba demasiado débil para oponerse a que el Flaco anduviera libremente por la casa. No, yo no había olvidado que Isabel era alérgica, pero no iba a echar al gato por eso. Le prometí a Tomás que, si ella venía, lo sacaría al jardín.

No fue necesario. Él solito se fue, el Flaco, cuando ya no tuve más para darle de comer. Lo dejé en la calle antes de encerrarme. Hace dos –quizá tres– semanas volvió, pero al principio no quise abrirle. Ahí estuvo, maúlle y maúlle, y yo del otro lado de la puerta con un nudo en las tripas porque cómo explicarle las cosas. Una señora tocó el timbre una mañana para avisarme "que mi gato estaba afuera y quería entrar". Le dije que no era mío y que podía llevárselo si se le antojaba. Luego me arrepentí y abrí la puerta. El Flaco se veía muy enfermo, así que lo tomé en mis brazos, lo llevé a mi habitación y me quedé acariciándolo hasta que me venció el sueño. Al día siguiente amaneció tieso y frío. No soporté la idea de enterrarlo, no se lo merecía: lo envolví en una bolsa de plástico y lo guardé en un cajón.

Yo creo que el muy desconsiderado regresó conmigo sólo para morirse. Como si no hubiera tenido bastante con la muerte de Tomás.

No se presentó al velorio ni al entierro. La llamé por teléfono varias veces, pero colgaba el auricular al reconocer mi voz. Dejé recados en su contestadora. Nada. Así que seguí con las veladoras, rezando para que volviera y pudiéramos hablar. La última vela terminó de quemarse al día siguiente de la muerte del Flaco, cuando ya me había dado por vencida. Creí que no había resultado. Pero no fue así.

Isabel vino a verme ayer por la tarde.

No iba a dejarla pasar. Debí negarle la entrada. Tomás no estaba ahí para impedírmelo y, la verdad, ahora era yo la que no estaba dispuesta a perdonarla. Aún así, finalmente salí a abrir la puerta. Tenía razón: la casa era de las dos. Pero ella se marchó y yo decidí quedarme. Perdió sus derechos sobre este lugar y sobre Tomás, aunque siempre fue su niña consentida. *Nuestra* consentida.

Isabel se sorprendió mucho cuando me vio. Delgada –*muy* delgada, enfatizó– y sucia –claro, porque no he pagado la cuenta del agua y la cortaron–; aunque esto último no lo dijo, sé que lo pensó. De todas maneras tampoco tengo gas y no me gusta bañarme con agua fría. Y bueno, cómo no iba a adelgazar, si apenas había terminado mi dieta cuando murió Tomás y luego empezó a terminarse la comida que había en casa.

Cuando comparó el jardín con una jungla, no supe cómo explicarle la razón.

Apenas había entrado a la casa cuando de pronto corrió al fregadero de la cocina y volvió el estómago –supongo que por el olor–. Pensé en decirle lo del Flaco, pero lo habría tomado mal. Luego me di cuenta de que las hormigas la escandalizaban y sólo entonces me percaté de cuántas eran.

Cuántas son.

Ella comenzó la discusión. No era necesario que mintiera: si se hubiera preocupado por Tomás y por mí, habría venido antes. "No toleraba la idea de verte –me dijo–, me das asco." Le pregunté entonces por qué nunca se había alejado verdaderamente de nosotros, de Tomás y de mí. Por qué nos hacía creer que llegaría de repente, cualquier tarde. Me quedé ahí, frente a ella, y fue incapaz de sostenerme la mirada. Ahora era ella quien no sabía qué responder.

Cobarde.

Yo sólo tenía a Tomás. Me gustaba sentir sus caricias, cómo se deslizaban sus manos y sus labios sobre mi pecho en cualquier momento. Isabel estaba siempre ahí, con nosotros. Era imposible escondernos de ella. Siempre le dije que no pretendía ocupar el sitio de su madre ni tampoco robarle a su padre. La prueba está en que las mejores noches fueron las que pasamos los tres juntos. El olor dulce de Isabel mezclado con el del tabaco de la pipa de Tomás. Su pielecita era tan suave que él y yo hubiéramos querido estar acariciándola siempre. Con las manos, la lengua. Pero luego ella empezó a negarse a acompañarnos. Se estaba convirtiendo en una joven hermosa, pero no quería que la tocáramos. Ya ni siquiera nos dejaba bañarla. Se encerraba en su habitación; no llegaba a dormir. Intentamos someterla por la fuerza hasta que fue imposible retenerla.

Ésta no es –no era– la primera vez que me dice –que me decía– que le doy asco.

"Si tú me perdonas, te perdono yo a ti también", le dije, aunque no sabía si era del todo cierto. Su abandono me parecía muy difícil de olvidar. Quise acercarme para acariciarle el cabello, el rostro: hacía tanto que no la veía que incluso había olvidado el aroma de su aliento. Pero ella me esquivó. Estaba apoyada en la estufa y caminó hacia la pared opuesta a la ventana, como queriendo evitar, de paso, también a las hormigas. Eso me hirió profundamente.

No tenía por qué despreciarme así.

No después de haberla esperado tantos días con su lugar en la mesa, la casa limpia.

Y no pude decírselo porque cuando de nuevo intenté estar cerca de ella se sintió acorralada y me amenazó con un cuchillo grande. Hace tiempo se rompió el cajón y los cubiertos están por ahí, en cualquier lado. Dijo que yo no tenía nada que perdonarle, al contrario. Me reí de ella, con sus ojos de miedo y su absurda arma en la mano. Sabía que no me haría daño; había cambiado muy poco desde la última vez que nos vimos. Pensé que quería jugar, como cuando era niña y me pedía que la persiguiera por el jardín. Esta vez la puerta estaba cerrada y no le sería posible correr a ninguna parte.

Me fui acercando poco a poco y al fin bajó el cuchillo.

Apenas había extendido los brazos hacia ella para rodear sus hombros, cuando de nuevo alzó el cuchillo para atacarme. La repentina decisión que descubrí en sus ojos me desconcertó, pero el rozón del filo en la mano me hizo reaccionar. Forcejeamos. No sé de dónde saqué fuerzas para defenderme. De pronto sentí que su cuerpo se contraía y, casi de inmediato, cómo algo tibio empapaba mi blusa. No alcancé a sostenerle la cabeza antes de que cayera al piso. Me tomó varios segundos comprender qué había sucedido.

Lo que aún no entiendo es cómo pudo pasar.

Si ella también regresó conmigo para morirse.

Le limpié las manos y el vientre con las sábanas de la cama de Tomás para que sintiera algo suyo. A él le habría gustado. Ahora también mis dedos están rojos. La saliva no borra la sangre con facilidad cuando ya está seca.

Tengo sed, tengo miedo, pero sobre todo mucho sueño.

La noche entera estuve matando las hormigas.

Cada vez más dentro de Isabel.

Propiedad privada

"Hasta la victoria siempre", decía el póster enorme y amarillento que coronaba el sofá de la sala. No sé por qué, desde que me vi frente al *Che* Guevara, no me di cuenta de que aquella relación estaba predestinada a fracasar. Su mamá tenía una pared entera dedicada a artesanías, banderines y fotografías de Cuba y, al principio, me miraba de manera extraña. Tal vez porque la revolución cubana me había tenido siempre sin cuidado; además, era la novia más güera que había tenido su hijo y también la única con coche último modelo hasta para el día de no circular.

No me duró mucho el gusto.

Primero, me sentí mal de llamarme Jaqueline, aunque en realidad es un nombre común. Más tarde me daba culpa que el refrigerador de mi casa estuviera siempre lleno "habiendo tanta gente hambrienta en el mundo". El colmo era no haber participado jamás en una marcha y temer subirme al pesero y al metro. Así que, apenas dos meses después de frecuentar la casa de Rafael, decidí enfrentarme a mis padres y mudarme con él. Dejé mi auto, la tarjeta de crédito y hasta la de acceso a los cajeros automáticos porque quería cambiar mi vida por completo y convertirme en una persona más consciente. Conseguí trabajo como maestra de inglés en una primaria cercana y por la tarde alfabetizaba a algunos adultos de la colonia, lo cual me hacía sentir muy satisfecha; ahora no sé si por mera pose o en serio. Rafael era actor y, cuando no estaba desempleado, ganaba un sueldo casi tan miserable como el mío, pero por más horas de trabajo. María y Joel, sus padres, eran biólogos y se dedicaban a realizar, cada uno por su lado, trabajos de investigación que nunca acababan de financiarles y pagaban ellos mismos. Marisa, su hermana, quería terminar el posgrado, así que únicamente se separaba de los libros cuando su novio venía a visitarla los sábados y se quedaba a dormir. Paco era el más chico y su novia también pasaba en casa los fines de semana. Ellos todavía no terminaban la prepa. Lo que más les gustaba era tocar con Espíritus oscuros, el grupo de rock que formaron con sus amigos y que nos torturaba con ensayos larguísimos cada domingo.

El edificio tenía pocos departamentos. Nosotros ocupábamos el último piso. Por supuesto, no había elevador. La habitación que daba hacia la calle era de María. Ella y Joel hacía tiempo que no dormían juntos –de hecho, no se dirigían la palabra más que cuando era indispensable– pero no querían separarse. Eso hacía la situación de todos muy difícil. Para comenzar, debíamos compartir la única habitación restante, que era la más angosta. Yo ya lo sabía, pero no me importó: Rafael y yo pudimos adueñarnos del sofá cama de la sala, y dormíamos y hacíamos el amor bajo la mirada del Che.

Los problemas surgieron porque los demás pasaban rumbo a la cocina a mitad de la noche o abrían las cortinas muy temprano los fines de semana, que era cuando teníamos casa llena. Marisa y su novio en turno (siempre había alguien, aunque no todas las veces era el mismo), dormían sobre el *box spring*, mientras que Paco y su novia (que tampoco era siempre la misma), lo hacían en el colchón tirado sobre el piso en la recámara. Por la mañana había que poner la cama en orden y doblar el sofá de la sala porque de otro modo se hacía casi imposible ir de un lado al otro. Al principio me parecía increíble y maravilloso que con un solo baño nos diéramos abasto; que con el poco dinero que reuníamos María pudiera cocinar platillos suculentos para tanta gente, sobre todo cuando el departamento de abajo se desocupó y tuvieron a bien mudarse unos amigos de Rafael, también actores, que de inmediato se integraron a la familia y sólo se iban a la hora de dormir, cuando ya habían comido hasta saciarse.

Lunes 7:00 am.

—Rafa, levántate. Hay que alzar esto o no se puede pasar.

—Tengo ensayo hasta la noche. Déjame dormir.

—¡Paco!, salte ya del baño. Yaquelín tiene que arreglarse para ir a trabajar.

—¡Tengo examen al rato! ¡No me dejan concentrar!

—Ten, mijo. Dale a tu mamá para el gasto.

—Mijo, dile a tu papá que no necesito que me dé dinero. Esta quincena me fue muy bien.

—Que le des esto a tu mamá para el gasto, te digo.

—En la escuela me arreglo. No te apures, Paco. Y ya hazles caso a tus papás.

—Despídete de mí, mi amor. Besito, besito.

—Rafa, ¿no has visto mi suéter rojo?

—No. Pregúntale a Marisa.

—Marisa, ¿no has visto mi suéter rojo?

—Se lo llevó Mónica.

—¿Quién?

—La nueva novia del Gúdyiar, acuérdate. Vinieron ayer.

—¿Y por qué se lo llevó?

—Tenía frío y era el único que encontramos.

—Era el único que estaba limpio.

—No te enojes, cuñada. Ten, ahí está el mío.

—A ése se le cayó encima el café ayer.

—Ni se nota. Ándale, ten.

—¡Paco!, necesito entrar al baño. Pícale, mijo. Y tú, Rafael, levántate.

—¿No quieres desayunar antes de irte, Yaqui?

—No, gracias, María. No tengo hambre.

—Besito, besito, antes de que te vayas.

—Adiós, Rafa. Al rato regreso.

—Que te levantes para alzar la sala, caramba.

Llegó un momento en que era tanta la gente que entraba y salía del departamento, que yo apenas conocía sus rostros, y de sus nombres francamente ni me acordaba. Entre los del grupo, que habían decidido integrar a dos vocalistas y otro guitarrista que hiciera duetos con el Goodyear –que, por cierto, nunca supe cómo se llamaba en realidad–, y Juan Carlos y el Chubby, los compañeros de Rafael de la obra de teatro, que estaban cada vez más nerviosos porque el estreno se acercaba, mi paciencia estaba muchas veces a punto de agotarse, pero me contuve siempre. Dar clases me ponía de buen humor, y las primeras marchas fueron toda una aventura. Eramos una verdadera familia, todos juntos: María, Joel, Paco y su noviecita, Marisa y un gorilón horrendo al que sólo volvimos a ver el día del estreno de la obra, Rafa y yo, protestando para mejorar las condiciones de trabajo de unos obreros. Ni siquiera me quejé de las ampollas que me salieron en los pies porque estuve bien contenta.

Martes 4:00 am.

—¿Quién es?

—Nosotros, Rafa.

—¿Qué quieren?

—Nomás tantita mois, no seas malito.

—No mames, Chobi, son las cuatro de la madrugada.

—Es que con eso del ensayo de mañana, no puedo dormir.

—Rafael, dile que vuelva luego, ¿no?

—Tigre, no me digas que estabas ocupado. Y uno perdiendo el tiempo tratando de dormir.

—Cierra la puerta y no le des nada. No son horas.

—No hay que ser, Yaqui. No te enojes. Nomás le doy una bachita y ya.

—Gracias. Me cae que eres a toda madre.

—Sólo que no llegues pacheco al ensayo. Luego Sabina ya ves cómo se pone.

No me gustaba que Rafael fumara marihuana todos los días, y muchas veces nos habíamos peleado por eso, hasta que decidí no insistir en que la dejara. Lo peor era que a sus papás no les importaba que lo hiciera, sus hermanos también le entraban de vez en cuando, y desde que el Chubby y Juan Carlos compartían el departamento de abajo, él fumaba mucho más. Creo que, en realidad, lo que me dolía era no saber darle el golpe al cigarro. Nunca aprendí, así que las pocas veces que decidí probar el churro que yo misma había forjado –eso sí lo sabía hacer muy bien– no me hizo efecto. Y la frustración era doble.

Miércoles 1:30 pm.

—Rafa, ¿tú dejaste mi toalla tirada en el piso?

—No, ¿por qué?

—Porque está empapada y cochinísima. Alguien la pisó.

—Pues agarra otra y ya, tan fácil.

—¡No es tan fácil, fíjate!

—No grites.

—Sí grito. Es la primera vez que estamos solos y tengo ganas de gritar.

—Okey, maestra. Haz lo que quieras.

—Quiero bañarme ahorita, porque en la mañana, como para variar, tu hermano estuvo horas en el baño, y ni siquiera eso puedo hacer porque no tengo con qué secarme.

—Anda, desahógate, es muy bueno.

—No me abraces. Estoy harta de no encontrar mis cosas donde las dejo, de que cualquiera las agarre, de que seas el albacea de la mota de todo mundo, de que nos interrumpan cuando hacemos el amor, de no poder ir al baño tranquilamente y de que a ti te valga madre lo que me pasa.

—Eso es, sácalo todo.

—Odio que vayas a ensayar y estés con la tipa ésa. No creas que no me doy cuenta.

—¿Cuál tipa?

—Laura.

—Podría ser mi mamá, no mames.

—No mames tú, que bien que aprovechas las escenas para cachondeártela.

—Si vuelves a patear eso, me cae que sí me vas a hacer encabronar.

—A ver.

—¡Estáte quieta, ya, carajo!

—Que se esté quieta tu madre.

—¡No! ¡El póster no!

—¿Y ahora, quién toca?

—¡Rafael, no dejas dormir, ya bájale a tu escándalo!

—¿Dormir a esta hora?

—Ayer la discusión también estuvo subidita de tono y me fregaron la siesta.

—El que viene subidito, pero de copas, eres tú. Pinche conchudo.

—Tú cállate, que esto es con mi amigo el Rafael. Ayer también me despertaron.

—No calles a mi vieja. ¿Quién te despertó?

—Ustedes, quién va a ser.

—Ayer no estaba yo aquí a esta hora.

—¿Ah, no? ¿Entonces el escandalito era con tu hermana, Rafael?

—¿Marisa se peleó?

—Te estaba reclamando que no aguantaste. Y hasta un trancazo le diste.

—¿Qué?

—¿Te estás cogiendo a tu hermana, cabrón? ¿Qué la Yaqui y la Laura no son suficiente?

—¿Así que sí te la estás cogiendo?

—No, mi amor, no le creas. ¿Quién le pegó a mi hermana?

—Pero si seguro tiene todo colgado. Acaba de cumplir cincuenta años, ¿qué le ves?

—Óyeme, yo también tengo mis añitos, niña. No insultes.

—¿Qué le ves? ¿Crees que te va a hacer famoso?

—No, mi amor, cálmate, ya te dije que no es cierto. Que quién le pegó, dime.

—¿Lo hace mejor que yo?

—Mira, Juan Carlos, quiero que me digas qué le pasó a mi hermana.

—¿Te gusta más que yo?

—Claro que no, es mi hermana.

—Yo no digo Marisa, digo Laura, estúpido.
—No, no, no.
—Pero te gusta.
—No.
—¿Cuántas veces lo hiciste?
—Yo mejor me voy. Nos vemos en el ensayo.
—No te vayas y dime qué oíste ayer.
—¿Cuántas veces?

Esa misma tarde lo hicimos cuatro seguidas. Pusimos la mesa del comedor atravesada en la puerta, para que nadie pudiera entrar, y Rafael me dejó poner al Che de cara a la pared. Le dije que era porque no quería que me viera llorando, pero la verdad era que ya no soportaba que siempre hubiera un par de ojos, aunque fueran de papel, viendo cómo Rafael y yo nos deshacíamos en sudor sobre el sofá destartalado. Después no fui a dar mis clases de alfabetización. Preferí acompañar a Rafael a su ensayo. Cuando salimos del departamento, Paco y su banda estaban sentados en las escaleras esperando a que abriéramos la puerta y los dejáramos pasar. Iban a tocar en una fiesta y a partir de esa tarde necesitaban ensayar a diario.

Jueves 5:05 am.
—Rafa.
—Mhh.
—Despierta.
—¿Qué?
—¿Seguro no tienes nada que ver con Laura?
—Mhjú.
—¿Y con Marisa?

Había guardado mi mejor vestido para usarlo la noche del estreno de la obra. Estaba de tan buen humor que incluso compré unos pollos rostizados para Paco y los muchachos, que habían estado ensayando todo el día. Así, María no tendría que cocinar y podríamos arreglarnos juntas para salir. A Rafael no lo había visto desde temprano. Dijo que nos encontraríamos en el teatro. Dejaría un boleto a mi nombre. Yo pensé que sólo iríamos sus papás, Marisa y yo, pero a la hora de la hora Paco, sus amigos y su novia, la que nunca hablaba, también se apuntaron, y Marisa llegó con el gorilón de la marcha, que se llamaba Jesús y era de Sinaloa. Si fue cierto eso de que le pegaron, yo creo que fue él, porque así son los norteños –dicen– pero no le pregunté nada porque se veía muy contenta. Como éramos tantos, no alcanzaron las cortesías. "Es que ya sabes, la directora es judía", se disculpó luego Rafael. A mí me dio gusto que los únicos que no pudieron entrar fueron el Goodyear y Mónica, su novia, porque ella nunca me devolvió mi suéter rojo.

Jueves 12:55 am.

—Vente a bailar, Yaqui. Ahora sí hay que disfrutar la música.

—No, gracias, Juan Carlos.

—Uy, qué seria. Todavía que tocaran los Espíritus oscuros, pero esto sí suena bien.

—Malditos espíritus. No nos dejan tranquilos ni un rato con su escándalo.

—Mejor cállate, Chobi. Yo vivo ahí y lo padezco más.

—¡Rafa! Tu novia está criticando a tu hermano.

—Cállate, animal. Tú empezaste.

—¿No quieres tantito?

—Si Sabina los cacha metiéndose esa cosa en su casa, los mata, ¿no?

—N'ombre, qué va. Ella es peor.

—¿Y Laura?

—Esa nomás es naturista y ninfómana.

—Bien sana.

—Y bien buena.

—Mejor ya cállate, no la vayas a regar. Ahí viene el Rafa.

—Estuvo bien la obra, ¿no, mi amor?

Si no tomamos en cuenta los retortijones que sentí cuando a Rafael le tocó estrujar a Laura en escena, sí, la verdad la función había salido muy bien, con el teatro lleno a reventar. Esa noche Rafael, Juan Carlos, el Chubby y el resto del elenco, salvo Laura –que se marchó temprano "porque no le gusta desvelarse"– se pusieron hasta atrás de todo lo que encontraron. La casa de Sabina era un verdadero arsenal de vicio. Había de todo, pero yo sólo le entré al alcohol. Quién se lo hubiera imaginado. Tan decente que se ve la señora.

Viernes 7:00 am.

—Rafael, levántate para alzar esto, no se puede pasar.

—No seas así. Tengo función hasta la noche. Quiero dormir.

—Sí, mijo. Pero los demás tenemos que trabajar.

—Amor, dile a mi papá que me deje dormir otro ratito, ¿sí?

—No puedo, ya voy de salida. Tengo que llegar a la escuela a arreglarme.

—Ahí te dejo para que le des a tu mamá lo del tianguis de mañana.

—Dáselo a Paco.

—No puedo, está en el baño.

—Dáselo a su novia.

—No quiero, ya sabes que no habla.

—¿Y Marisa?

—Con el Chucho. Apenas se están levantando.

—¡Paco, necesito el baño!

—Ahí voy, mamá.

—Me urge, mijito.

—¿A ti también te cayó mal el arroz con leche que hizo el Gúdyiar ayer?

—Quién les manda comerse lo que prepara el Gúdyiar.

—No te burles, cuñada. Tú tampoco sabes cocinar.

—Por eso les traje pollos.

No creí que se me fuera a pasar la mano. No era mi intención hacerle daño a María. Era a la que más quería de todos. Pero estaba tan fastidiada de la vida comunal que primero decidí ayudarles a los muchachos con sus experimentos culinarios y agregar un poco de laxante, sólo por diversión, y luego me atreví a ir más allá. El único que podía verme era el Che, pero yo estaba segura de que no diría nada. Ni siquiera cuando las ganas de dormir más tiempo el sábado me impulsaron a vaciar unas cuantas pastillas tranquilizantes en el guisado de la cena en cuanto María se descuidó.

Sábado 12:50 pm.

—Levántense, que ya es tardísimo.

—¿Qué hora es?

—Yo todavía estoy cansado.

—Despiértense y díganle a su mamá que se le hace tarde para el mercado.

—Mamá.

—Háblale más fuerte.

—¡Mamá!

—No contesta.

—A ver, abre la puerta.

Y yo cómo iba a saber que precisamente ella, que tenía las pastillas en su cajón, era alérgica. Para qué las tenía ahí si no debía tomarlas. Qué mierda.

Domingo 8:00 am.

—¿Y hoy también vas a dar función?

—Pues qué otra.

—Lo siento mucho, de veras.

—Gracias, Chobi.

—Yo también.

—Sí, Juan Carlos.

—Pediramos un minuto de selencio otra vez.

—Gracias, Sabina.

—Deberías ir con Yaqui. Le afectó mucho.

—Quiere estar sola.

—Yo no pensé que quisiera tanto a mi mamá.

Hasta el Goodyear quiso abrazarme. Yo no podía dejar de llorar. Me sentí de lo más culpable, pero luego las pagué todas juntas, o casi, porque sin María en casa el caos era mucho mayor que antes. Marisa nunca encontraba tiempo para ir al mercado, porque sus novios y los estudios le quitaban todo su tiempo, según ella. Rafael estaba deprimidísimo y era incapaz de tener una erección. Paco se volvió más fodongo todavía y ya ni le jalaba al baño después de encerrarse en él durante horas cada mañana. Su novia, por supuesto, seguía sin hablar con nadie. Joel nos presentó a una señora con la que estaba saliendo y que tenía un hijo –berrinchudo con ganas el condenado– idéntico a Rafael de chiquito. Por supuesto, resultó ser su hijo, aunque él lo negó cuanto pudo a pesar de lo evidente que era. Qué bueno que María no lo vio porque hubiera sufrido mucho. Aunque, pensándolo bien, tal vez hasta lo hubiera adoptado con todo y la mamá y les habría dado algo rico de comer. Pero eso sí, sin dirigirle la palabra a Joel más que para lo más indispensable.

La extrañaba mucho, sobre todo el día del tianguis, porque nadie me ayudaba a conseguir las cosas y mucho menos a cargarlas hasta el último piso por aquellas interminables escaleras, pero bien que en tres días acababan hasta con la última verdura, y era necesario ir por más. Rafael, Juan Carlos y el Chubby fumaban marihuana por todos lados y, de repente, se les había subido a la cabeza el éxito de su obra. Laura salía en todos los periódicos y programas de televisión y siempre los llevaba con ella. Sabina era aclamada como la mejor dramaturga y directora del momento y, en un arranque de generosidad atípicamente judío, les regaló unos relojes finísimos a todos, "porque debaras los quiaro". Estaban insoportables. A los Espíritus oscuros les dio por ensayar borrachos y a diario hacían mínimo tres horas de ruidos infernales que se empeñaban en llamar canciones (y ni hablar de los recuerditos que dejaban en el baño cuando sus cuerpos se negaban a recibir más alcohol).

Mientras tanto, yo seguía dando mis clases de inglés, alfabetizando, cocinando y cada vez más molesta porque, encima, Mónica y el Goodyear –como los demás– siempre dejaban sus platos sin lavar. Y a nadie, más que a mí, parecía importarle que se quedaran en el fregadero durante días. Intenté todo, desde regañarlos hasta fingir indiferencia y dejar los trastes cochinos, sólo para ver si alguien tenía el detalle de limpiarlos, pero primero llegaron unas cucarachas y hasta Marisa con platos desechables, y fue entonces cuando decidí que ya no podía más. La vida en comuna era una cosa, pero convivir con cucarachas ya era demasiado. Compré veneno para matarlas y anoche, cuando de todos lados brotaban gemidos, menos de nuestro sofá –como para variar–, se me ocurrió lo demás.

Sabía que Rafael andaba con Laura. Todos lo sabíamos, pero nadie decía ni pío al respecto. Al principio había querido resignarme, pero a esas alturas ya ni siquiera me consolaba la excusa lugarcomunesca, pero muy útil, de que buscaba en ella a su mamá (después de todo, la ausencia de María era –es– mi culpa). Ver aquel reloj en su muñeca me recordó lo doblemente traidor que era: a sus principios y a mí. Y de momento descubrí en él una especie de espejo: mi espejo. La angustia no me dejó dormir en toda la noche.

Marisa me había querido convencer, unos días antes, de que la acompañara a un mitin en la UNAM, pero no me pareció tan divertido como antes y me negué. De pronto extrañé muchísimo mi suéter rojo, una toalla limpia, las paredes bien pintadas de la casa de mis papás, una cama normal, un poco de tranquilidad, de silencio. Algo que sería aún más inconseguible a partir de esta tarde, en cuanto se mudaran la nueva mujer de Joel, con todo y su hijo llorón, a vivir con nosotros.

—¡Señorita, qué bueno que regresó!

—A su mamá le va a dar muchísimo gusto verla.

—Princesa, ¿qué pasó? ¿Y Rafael? Cuéntame, ¿estás bien?

—Hola, mami. Rafael no pudo venir. No creo que venga para nada.

—¿Te vas a quedar, tesoro? No sabes cuánto te extrañamos.

—Sí, ma. Me voy a quedar. ¿Y mi papi?

—No está, pero ahorita mismo lo llamo al celular para que venga.

—Gracias, ma. Me voy a meter al jacuzzi. Luego te platico qué onda.

Como bienvenida –y despedida–, les dejé preparado un guiso delicioso que coroné con el veneno para cucarachas. No sé qué va a ocurrir. Lo único que sé es que me encanta sentir la alfombra bajo mis pies. Me encantan las paredes lisitas de mi recámara, mi coche que todavía huele a nuevo, mi ropa limpia y disponer de un cuarto de baño sólo para mí. Tengo miedo, sí. Mucho. Pero al fin estoy sola.

El piano

No toco el piano, y qué. Hace tiempo me obligué a olvidar cómo leer las notas en un pentagrama. Me importa poco, en realidad, aunque la tía Diana se avergonzaba de mí y hacía comentarios amargos al respecto cada vez que se le presentaba la ocasión. "Con esas manos tan grandes, Federica –decía– podrías haber sido una gran virtuosa, como yo." Era cierto: mis manos se parecían a las suyas. Los dedos largos, ágiles, delgados –pero fuertes–, idóneos para deslizarse por un teclado. "O debajo de un cinturón", le contestaba yo, y ella enfurecía, incapaz de comprender mis ímpetus adolescentes o, al menos, fingiéndose así, frígida ante todo menos las partituras. Con su cabello corto, el mismo peinado durante años, como si hubiera querido que el tiempo se detuviera en su rostro, igual que se había detenido en la música antigua que tocaba en sus conciertos. Ahora sé que siempre quiso que me quedara sola, como ella, con ella. Por eso no me dejaba en paz.

Me costó acostumbrarme a la vida a su lado. Lo primero que aprendí cuando llegué a su casa, fue que el piano era lo más importante. Las horas de estudio, sagradas. Nadie se atrevía a interrumpirla. Si oía algún ruido mientras acariciaba la caja de notas, su eterna sonrisa, esa amabilidad odiosa e interminable, se esfumaban de pronto y por un buen rato. Recuerdo que los ejercicios de calentamiento eran tortuosos. Una y otra vez las mismas escalas, *tan-tan-tan-tan-tán-tan-tan-tan-tán*, cierro los ojos y todavía las escucho. Si me distraigo demasiado, me descubro tarareándolas; como si se me hubieran impregnado entre las sienes, golpean despiadadas sin que pueda detenerlas. Escalas idénticas, el mismo corte de cabello, un solo perfume durante años. Tía Diana parecía más una copia de sí misma, de sus fotografías de adolescente, que un ser vivo. Se repetía no sé si a propósito –por vanidad– o por miedo, o por esa costumbre de no mudar costumbres que hizo de nuestra vida juntas una sucesión de días monótonos, de soledades implaticables y pocas, poquísimas risas.

Al principio, lo reconozco, quise ser como ella. Me sentaba al piano a inventar melodías a manotazos, con la espalda erguida y los brazos como puente entre mi cuerpo y las teclas que chillaban mi falta de habilidad. No alcanzaba aún los pedales. Una tarde, tía Diana se sentó a mi lado y empezó a enseñarme algunos acordes. Si hubiera sabido lo que iba a ocurrir después, habría ocultado mi entusiasmo. Pero no lo hice. La dejé continuar, fascinada de sentir su mano sobre la mía deslizándose por aquella finísima y larga dentadura.

A la mañana siguiente, dos horas de clase de piano. Aprendí que enfrentarse a un pentagrama justo después de desayunar puede ser terrible. La presión de aquellas manos extrañas sobre mis dedos en el teclado blanquinegro, los símbolos indescifrables sobre papel, números quebrados y las claves fueron suficiente para aniquilar mis aspiraciones pianísticas. Pero tía Diana insistió y mi único descanso era cuando ella iba a dar un concierto o cuando salía de viaje. Cada mañana –y luego cada tarde– se convertía en un ser rígido, de voz suave pero inconmovible, inamovible, y mis clases empezaron a formar parte de una rutina que no me permitía romper. Los sábados y domingos era un poco más flexible: mientras ella hacía yoga, yo podía ver un poco de televisión. Luego, el piano. En sus entrevistas o entre amistades no perdía oportunidad de mencionar mis avances –que exageraba, por supuesto–. Las preguntas que seguían eran, claro, si quería ser también concertista y si me gustaba la música, y los ojos amenazantes de tía Diana caían sobre mí y aplastaban toda posibilidad de decir la verdad. "Sí", respondía siempre, sonriendo.

Empecé a enfermarme con regularidad: gripas, alergias, dolores de estómago y luego ese sueño en que veía el piano negro de mi tía envuelto en llamas. La imagen se repetía constantemente y al principio me hacía sentir culpable. Después no.

"Tu tía Diana Guadalupe es una santa", me decía la gente. Pero con el tiempo empezaron a enfurecerme su sonrisa congelada, los ademanes suaves, su incapacidad de reconocer en sí misma sentimientos mezquinos. Algunas noches entraba en mi cuarto para verme dormir, o fingir que dormía, mejor dicho. Se acercaba a mi cama y me daba un beso en la cabeza. El último año que viví en su casa hice mi costumbre cerrar la puerta con llave. Me daba rabia que me tocara porque era evidente que no lo hacía con el mismo amor con que acariciaba el piano.

Si discutíamos, tía Diana corría a llorar al baño. Al principio iba tras ella para ofrecerle disculpas: parecía tan frágil con los ojos rojos y la barbilla temblorosa. Cuando empecé a negarme a consolarla, dejaba la puerta entreabierta para que la escuchara sollozar. Las mañanas siguientes, un silencio, una dureza casi religiosos eran su único reproche. Ni siquiera me daba pie para que termináramos la pelea y los problemas se quedaban, como la música, suspendidos en el aire. A veces me iba, cansada de mi nombre (a final de cuentas, yo qué tengo que ver con el compositor favorito de mi tía), cansada de su casa y de su cara que no cambiaban, pero volvía siempre frente a su puerta, que tenía un pequeño gato de barro junto a la campana (tía Diana detestaba el sonido de cualquier timbre). Ese gato fue lo que más atrajo mi atención la primera vez que me trajeron a su casa, y me gustaba mucho quedarme viéndolo un rato antes de animarme a avisar que estaba afuera y que, otra vez, como no había pensado volver, no traía mis llaves.

Me prometí a mí misma no ser artista nunca. *Nun-ca.* Tía Diana no me lo perdonó. Quería que tocáramos en público a cuatro manos y yo me rehusé. A partir de entonces, al hablar de mí, sólo podía quejarse y la gente me veía con desagrado. A Diana Guadalupe le resultaba fácil disponer las cosas a su favor: su cara dulce y la vocecilla tierna hacían imposible que la gente pensara que pudiera hacerle daño a alguien. Pero el piano se me había convertido en una enfermedad que ya no toleraba. Y todas las veces que me descubrió deslizando las manos bajo diversos cinturones en la sala de la casa, junto al piano cerrado, o con las nalgas desnudas recargadas sobre el teclado delator –creo que lo hacía a propósito para que me corriera– la que se enfermaba era ella. El 12 de diciembre en que al fin me convertí en mayor de edad no asistí a su fiesta de cumpleaños, y tampoco cené con ella en Navidad. Nuestra relación se enfrió definitivamente, pero por fortuna las clases se acabaron. La soledad en mi cuarto, aunada a la que sentía al estar frente al piano cuando ella me obligaba a estudiar, era insoportable.

Me fui de su casa poco antes de cumplir los diecinueve. Le envié un par de tarjetas el día de su cumpleaños-santo, pero como no me respondió, no volví a buscarla directamente. Al principio le preguntaba por teléfono a Margarita, la sirvienta que se había convertido ya en de ama de llaves, cómo estaba tía Diana. Algunas veces pensé que si el piano no hubiera estado ahí siempre, nuestra relación habría sido distinta, mejor. Aunque tal vez no.

No recuerdo haberla extrañado más que en diciembre. Sobre todo los primeros años. Después, mis llamadas a su casa fueron espaciándose y procuraba ya no pensar tanto en ella. Estaba dispuesta a permanecer en cualquier parte donde no hubiera un piano. Pero pronto descubrí que a pesar de todo me sentía mal. Bebía tequila para tranquilizarme. No podía. Era como si continuara presa, con el piano y su soledad a cuestas. Las escalas golpeándome la frente, la nuca. Decidí no hacer llamadas a su casa nunca más; no me atrevía a buscarla y reclamarle las cosas, aunque cada vez que la recordaba, sentía que la odiaba más.

La tarde en que –después de haber leído la noticia en el diario y beber media botella de tequila para darme valor– al fin llamé a su casa para hablar con ella, Margarita me dijo que no me podía contestar.

No fue fácil regresar junto al gato de barro. Como siempre, perdí el tiempo observándolo un buen rato antes de animarme a hacer sonar la campana.

La persona que abrió la puerta no me conocía, de modo que tuve que aguardar en la calle hasta que Margarita me autorizara la entrada a la casa. Apareció casi de inmediato, se disculpó por no haber salido antes a recibirme y me dio un beso. Había engordado; tenía canas y líneas marcadas como surcos en el rostro moreno. De todas maneras le dije que se veía bien. Después de algunos minutos por fin pude ir a la recámara de mi tía. Una enfermera estaba sentada a pocos metros de la cama y sólo hizo un movimiento de cabeza al verme. Tía Diana, en cambio, estiró sus brazos hacia mí. La sorpresa me paralizó: no había cambiado. Su cabello, su rostro, iguales a la última vez que habíamos estado juntas. Me detuve a los pies de su cama para observarla, pero por más que lo intenté no pude descubrir nada nuevo en ella, más que unas sombras oscuras bajo sus ojos pardos. Recordé las noches en que era ella quien me miraba y sentí deseos de marcharme. Me faltó valor. Tomé su mano y me senté en el borde del colchón. No podía hablar y respiraba muy lentamente. Con su mano entre las mías se quedó dormida. Conté cuatro segundos entre cada inhalación y un quejido de vez en cuando. Le pedí a la enfermera que me permitiera quedarme y no me moví de su lado durante varias horas. Estuve mirándola sin descanso. Ahora sé que era absurdo temer olvidar rasgos que conocía tan de memoria.

Dos noches sin alejarme de su lado aunque, o quizá *porque*, no recobraba la conciencia, hasta que –cerca de la madrugada de la tercera– noté que respiraba con más esfuerzo aún. Uno, dos, tres, cuatro, cinco, seis, siete, ocho segundos hasta la siguiente respiración, y ya ni siquiera fuerzas para quejarse. No quise avisar a la enfermera. Le había pedido que nos dejara solas en la habitación. Me acurruqué a su lado y puse mi mano sobre su pecho. Casi no pude percibir latidos. Acaricié su cabello, lo acomodé con cuidado detrás de las orejas y le sequé el sudor de la frente con la manga de mi blusa. Envidié su nariz respingada, los poros apenas visibles de su cutis perfecto, y volví a dejar la mano en su escote. Con los ojos cerrados deslicé los dedos lentamente hasta su cuello y lo apreté un poco, primero con suavidad, después con más fuerza. Abrió los ojos y se quedó mirándome. No lo pude soportar. Estábamos juntas en la cama y ella me miró, como antes, como cuando era niña y entraba a mi cuarto. Me miró como si quisiera decirme algo, pero ya era tarde: la decisión estaba tomada. Con mis manos grandes, inútiles hasta ese instante, hice un collar que la ayudó a dormir tranquila.

Convencer a Margarita de que se marchara un rato –de paseo, de compras, lo que quisiera– no fue fácil, pero lo logré. Despedí también a la enfermera y a los demás sirvientes, y me quedé sola con ella. Estaba segura de que pronto regresarían, de que no confiaban del todo en mí (sobre todo Margarita, que también me había descubierto algunas veces en buena compañía y en mala hora haciendo malabares cerca del piano), así que debía apresurarme. No quería que la tierra devorara a tía Diana dentro de una caja lúgubre y fría, si en casa contábamos con una mejor. Me convencí de lo injusto que hubiera sido separarla de lo que más había amado. Y yo tenía una cuenta pendiente con el piano. El piano.

No quise arriesgarme a perder tiempo mudándola de ropa. Simplemente tiré de sus tobillos para bajarla de la cama y poder llegar hasta la sala. El tramo más difícil fueron las escaleras. Cada vez que su cabeza golpeaba un escalón, el sonido seco me hacía estremecer. Abrí la puerta de la sala y encendí la luz. Los adornos, los cuadros eran los mismos que cuando me marché. La tía Diana fue capaz de apresar el tiempo en su piel y también a su alrededor. No me explico cómo el sol no acabó con la vestidura de los muebles ni con el color alegre de la alfombra. Y el piano negro junto al ventanal, intacto. Me acerqué a él y abrí la tapa del teclado. Dejé mis dedos resbalar por sus dientes de marfil, como buscando alguna melodía perdida en la memoria, pero no conseguí hacer sonar ninguna. Me alegró que tía Diana no pudiera escuchar y golpeé las teclas con los puños una y otra vez hasta cansarme. Después rasqué las cuerdas doradas, deshice algunos martinetes, y me volví hacia donde estaba ella, con los ojos cerrados y el cabello revuelto, tendida sobre el piso de mármol del vestíbulo. Faltaba lo más importante.

Una vez tendida en el vientre del piano, le arranqué el camisón. Tenían que ser sólo ellos: cuerdas con piel, madera y hueso. Descubrir sus carnes todavía firmes, los senos redondos y suaves, blanca toda; me impresionó. Parecía más joven que yo, más hermosa que nunca. No pude evitar recorrerla con las manos. La acaricié como me habría gustado que ella alguna vez lo hiciera. Subí por su perfume y se lo unté en todo el cuerpo. Las sienes, el cuello amoratado, el pecho, la cintura estrecha, las piernas. El barniz marrón en las uñas de los pies y de las manos me hizo sonreír.

Los olores del alcohol, la gasolina y el tequila se apoderaron pronto de la habitación. Era hora de hacer realidad mi viejo sueño-pesadilla de la infancia y devolverle calor al cuerpo de tía Diana Guadalupe, porque las *santas* no merecen sentir frío ni ser sepultadas en la oscuridad. Porque su piano tenía que fundirse con ella y desaparecer para siempre de mi vida. Ya no importaba que llegara alguien: eran uno solo al rojo vivo y ni el agua ni el hombre los podrían separar. Poco a poco el crujido de la madera, el olor a cabello quemado, a piel carbonizada, el humo, inundaron la sala; las llamas se expandieron y el sonido de las escalas que me habían torturado, de las notas que cada uno de los días sin Diana me habían golpeado la nuca sin piedad, se fue desvaneciendo. Por primera vez pude estar en paz.

No sé quién me sacó de ahí, ni cómo, ni cuándo.

Las vendas no me dejan dormir bien; si me muevo, duele. Es como si mi cuerpo se hubiera comido todo el calor y no pudiera digerirlo.

Ojalá se haya salvado el gatito de barro.

Los osos polares son una mierda

—No me salieron redondos los *hot cakes*, pero están sabrosos –la saludó Mateo.

Los recipientes sucios y un poco de harina y leche en el suelo fueron suficiente para molestarla. Tenía que suceder esto justamente después de una noche más de insomnio y ya con retraso para llegar a la oficina; esa mañana su jefe tenía una junta importante y la necesitaba incluso un poco antes de lo acostumbrado.

Se lo había advertido la noche anterior: "Papá, mañana será un día importante en la agencia. Tendré que irme más temprano".

—Ahora voy a tener que trapear antes de salir.

Mateo guardó silencio e intentó acariciarle la cabeza, pero ella se hizo a un lado.

—No me compadezcas, ¿sí? –dijo en voz baja mientras limpiaba el linóleo con la jerga húmeda.

—Es obvio que no pudiste dormir. Te ves fatal.

—Gracias –contestó, y siguió trapeando.

—¿Por qué no te pones otra falda?

No respondió.

—Así no vas a salir ni en rifa, hijita.

Mateo vertió la miel de maple sobre sus *hot cakes* y comió un bocado.

—Se están enfriando, Trini.

Ella miró el reloj y se encogió de hombros. No tenía tiempo para sentarse a desayunar con él.

—Invita a don Agustín para que te acompañe. –Mateo clavó la vista en su plato, decepcionado–. Tú mismo dices que no debo comer eso porque engorda, ¿quién te entiende?

Salió de la cocina hacia su recámara. Mateo la siguió, con el plato en una mano y el tenedor en la otra, y se detuvo frente al umbral.

—¿No te cansas, Trini?

—¿De qué?

—De esperar.

Trini cerró de golpe la puerta de su habitación. Pero no logró que él se diera por vencido.

—A mí me daría vergüenza ser virgen a tu edad –dijo alzando la voz para cerciorarse de que lo escuchara– te vas a secar.

Ella prefirió no responder. Sólo alcanzó a oír cómo se alejaban los pasos de su padre. Nunca había sido tan descarado. Tan violento. ¿Por qué decir así las cosas? Se miró al espejo y compuso un poco su peinado. Era cierto que la falda gris y la blusa de holanes la hacían lucir robusta, pero llevaba demasiada prisa como para detenerse a buscar algo más que ponerse y, además, hacerlo significaría darle la razón a Mateo.

Su estómago le recordó con un quejido que no había cenado y sí, el olor de la miel de maple le había abierto el apetito. Se secó los ojos con un pañuelo desechable y puso un poco más de maquillaje en su rostro. Después entreabrió la puerta de su cuarto y asomó la cabeza:

—¡Así soy feliz! –gritó, y de nuevo dio un portazo.

Se roció el cuello y los brazos con perfume antes de salir al pasillo. Mateo estaba de pie junto a la puerta principal, todavía con el plato de *hot cakes* en la mano. Mientras masticaba la miró con atención y le dijo:

—Si fueras feliz, por lo menos habrías cambiado de perfume.

Trini sintió nuevamente ganas de llorar, pero se contuvo.

—¿Por qué eres así conmigo, eh?

—Me fastidias.

—Nadie te obliga a estar en esta casa, papá.

Mateo caminó en silencio de vuelta a la cocina y ella apresuró el paso hacia la puerta sin volverse atrás.

Desde la mesa Mateo escuchó el sonido de la cerradura; sólo se levantó cuando la oyó gritar:

—¡Qué susto me pegó, don Agustín!

Trini caminó tan rápido como pudo hacia las escaleras sin siquiera despedirse y sin volver la vista atrás. Don Agustín siempre aparecía sin avisar, en el momento menos propicio. Por lo menos podía haber hecho algún ruido que indicara su presencia al otro lado de la puerta y no tomarla por sorpresa. Tal vez estaba espiándolos, pensó. En ese mismo momento su padre y él sin duda estarían riéndose del incidente –de ella– y Trini detestó más que nunca que don Agustín fuera su vecino. Que estuviera tan cerca. Con su sonrisita constante, silencioso y discreto pero pendiente del más mínimo gesto, de cada palabra que pronunciaran su padre o ella; fumando un cigarrillo tras otro sin distraerse. Siempre sonriendo. El olor a tabaco se impregnaba en la sala durante el día y ella intentaba –inútilmente– mitigarlo abriendo las ventanas al volver. Tantas noches que Trini ya había perdido la cuenta.

Descendió las escaleras hasta la planta baja y salió a la

calle con la certeza de que, al volver, no sólo encontraría sucia la cocina, sino el resto del departamento oliendo a humo de cigarro. Podía imaginar perfectamente las colillas acumuladas en el cenicero, la miel pegada a los platos en el fregadero, quizá unas cuantas hormigas disfrutando del banquete. Y claro, también un par de latas vacías de cerveza sobre la mesita de la sala, frente a la tele. Entonces pensó otra vez en él: no fumaba ni bebía y pronto vendría a buscarla. Trini se miró los dedos sin anillos intentando imaginar cómo sería el que iba a recibir de Rafael.

Estaba a punto de doblar la esquina cuando se dio cuenta de que había olvidado revisar el buzón del correo. Lo hacía cada mañana antes de irse. Se obligó a no consultar su reloj, y regresó. Ya inventaría alguna excusa en la oficina. Cruzó los dedos de la mano izquierda antes de abrir la puertecita. No podía evitar hacerlo siempre que tenía una corazonada. Bueno, qué importaba si era casi a diario. Quizás ahí, en ese momento, estaba la carta que obligaría a su padre a tragarse sus palabras y sus dudas. Y la mejor justificación para llegar tarde a una junta importante.

Sin atreverse a mirar antes de hacerlo, introdujo lentamente la mano derecha en el buzón. Palpó el frío del metal y, al fondo, un sobre. Lo tocó con cuidado, para adivinar su procedencia sin verlo. No tenía sellos postales. Se sintió tan acalorada que no pudo contenerse más. Sacó la mano con un movimiento rápido y examinó el sobre con atención. Estaba dirigido a ella, su nombre escrito a máquina. La mecanografía le pareció familiar, pero estaba demasiado emocionada para detenerse a pensarlo. Con las manos sudorosas, desdobló el papel y leyó el mensaje:

¿Ves como es inútil seguir esperando?

Rompió la hoja y los pedacitos se esparcieron por el suelo. Salió nuevamente a la calle decidida a pedirle a su padre que se mudara de la casa cuanto antes. Se lo diría al volver del trabajo. Con razón el esmero en preparar su desayuno favorito. Tal vez don Agustín estaba al tanto de todo y había llegado temprano para mediar un inminente pleito entre los dos o, mejor aún, para burlarse más de ella. Quizá la compadecía, igual que su padre. Eso la hacía sentir peor. Cómo Agustín, con su sonrisa de dientes amarillos y sus piyamas percudidos, podía hacerle eso. Y ella trabajando todo el día sin parar para que él se bebiera la mitad de la cerveza que compraba para su padre. Qué alivio sería deshacerse por fin de los dos.

El pavimento estaba húmedo por la lluvia. Tuvo cuidado de no pisar ningún charco durante el camino a la parada del autobús, para no dañar sus zapatos, y sintió alivio al ver que nadie más lo esperaba. Nunca le había gustado que la vieran llorar.

Cuarenta y cinco minutos de retraso eran demasiados. No supuso que las calles estarían tan congestionadas. Incapaz de soportar los regaños de su jefe, incapaz –también– de mentirle, bajó del autobús varias cuadras antes de llegar a su destino. Caminó algunos minutos sin rumbo fijo. No sabía a dónde ir. Esa súbita sensación de libertad le resultaba extraña, incómoda. Temerosa de ser descubierta; culpable, sobre todo, por no haberse obligado a disimular otra vez y soportar la reprimenda que creía merecer; sólo cuando su estómago crujió de nuevo se animó a entrar en una cafetería. Por si acaso, eligió una pequeña mesa al fondo, donde no pudiera ser descubierta fácilmente, y se sentó de espaldas a la ventana. Pidió una orden de *hot cakes* "con mucha miel" y un vaso de leche fría. Después, una rebanada de pastel de manzana. Se tocó luego el vientre y acarició los cuatro pliegues que se le formaban al sentarse. Tal vez era cierto que no debía comer tanto. Pero sólo en eso coincidió con Mateo. No tenía derecho a criticar su fidelidad. ¿Qué sabía él de juramentos? Nunca había cumplido ninguno. Ni siquiera la promesa de mantener la casa limpia.

Después de pagar la cuenta decidió ir al zoológico.

Sin detenerse frente a ninguna jaula, al principio evitó a toda costa el estanque de los osos polares. Los había visto ya muchas veces. Eran los favoritos de Rafael. Antes de irse prometió regresar con un anillo de compromiso y un enorme oso blanco "de felpa" –como decía él– para ella. Y con dinero suficiente para irse lejos. Solos. Aquel día desabotonó su blusa por primera –y única– vez. A ella le gustó sentir sus manos grandes recorrerle el pecho, la tibieza de su lengua. Lo recordaba cada noche antes de dormir. Y ver a los osos blancos sin él a su lado le parecía insoportable. La obligarían a recordar lo demás: que le había impedido desnudarla por completo, pero cuando sus dedos se deslizaron bajo la pantaleta blanca su pulso se aceleró como ella sola nunca había logrado que ocurriera; que los dejó continuar; que cuando sintió que la mimaban por dentro cerró las piernas y se alejó de Rafael. Entonces él prometió el anillo, el oso, una casa grande, hijos. Lejos. Y ella dijo sí. Sería su mujer cuando volviera. Lo hizo jurar que volvería. Recordaba que se había ido serio, ¿triste? Sí, quizá fue seco al despedirse, pero era necesario: "Así las despedidas duelen menos".

"Todavía tienes tiempo –había dicho Mateo la noche anterior–, ¿por qué no buscas a alguien antes de que te salgan canas?" Estaba arrepentida de haber hecho de él su único confidente. Dejar que se mudara con ella después de jubilarse había sido un grave error. Qué cómodo, qué maravilloso sería regresar a casa y no encontrarlo. Ojalá desapareciera, pensó mientras se sentaba en una banca frente a un estanque con patos. Los graznidos se confundían con las voces y las risas de la gente. Algunos niños arrojaban trozos de pan al agua, y los picos anaranjados se sumergían rápidamente para devorarlos. "Quisiera ser pato para no usar tacones", pensó mientras se quitaba los zapatos, que ya habían dejado una marca rojiza alrededor de los empeines. Depositó la mirada en el par de bultos inflamados y torpes con que comenzaba su cuerpo, y de pronto supo que desde ellos invadía la soledad. Nadie podría deshacerse jamás del abandono porque vivía en los pies: lo último en separarse de la madre al nacer, y también la única parte del cuerpo que no se podía unir, empalmar con otro ser humano. Con los ojos cerrados imaginó la soledad como un líquido que sube desde los tobillos, paraliza las rodillas, adormece la entrepierna, y al llegar al pecho ahoga las ganas de vivir.

Sintió un escalofrío y se levantó sobresaltada. Antes de comprar un tentempié se obligó a caminar hacia el estanque de los osos polares. Aunque no quería, necesitaba verlos. Se acercó a pasos cortos, con las rodillas débiles y la frente húmeda. Se regalaría algo muy sabroso de comer como premio a la *osadía*. Le pareció que había caminado una eternidad cuando por fin pudo verlos entre la gente. Frente a ellos descubrió que no recordaba la voz de Rafael. Cerró los ojos e hizo un esfuerzo mayor. El juramento, la despedida. Nada. Se dio cuenta de que si pensaba en sus manos era porque las sustituía con las suyas cada noche. Por necesidad o por costumbre, daba igual. Sintió vergüenza, asco de sí misma, ganas de vomitar. Pero no se movió de su lugar durante un buen rato.

Empezaba a atardecer cuando, con los zapatos en una mano y un *sandwich* en la otra, salió del zoológico. No quería regresar tan pronto a casa y anduvo varias cuadras sin decidir qué rumbo tomar. Las nubes, agolpadas sobre los edificios, amenazaban con soltar un chubasco de un momento a otro, pero no le preocupó. La gente caminaba aprisa a su lado. En cambio, Trini iba despacio, sintiendo cómo se rozaban sus muslos al dar cada paso. Sólo cuando las gruesas gotas empezaron a golpearle la cabeza y los hombros se puso de nuevo los zapatos y buscó dónde guarecerse. Primero, bajo el techo de lona de una miscelánea, y después en un bar a pocos metros de ahí.

El lugar estaba casi vacío y se sintió a salvo. Bebió un vasito de ron para entrar en calor, pero como la lluvia no cesaba, ordenó otro para hacer tiempo. Y después, uno más. Al cabo de un rato se sentía mareada y había perdido la cuenta de lo que había bebido. Miró las mesas desocupadas a su alrededor y echó a llorar.

—¿Puedo ayudarle? –preguntó el mesero, ofreciéndole más ron.

Trini apuró el contenido del vasito de un solo trago y se puso de pie.

—Los osos polares son una mierda, ¿no cree?

Alzó la cara al salir a la calle para limpiar sus lágrimas con la lluvia y caminó hacia su casa. No pensó siquiera en tomar el autobús. El agua le escurría desde el cabello a las mejillas, por la nuca hacia la espalda, de los hombros al pecho, hasta que la blusa estuvo completamente pegada al cuerpo y los zapatos hacían un sonido viscoso al chocar contra el pavimento. Trini se detuvo sólo un momento para quitarse el reloj, que arrojó de inmediato a un charco. Poco después decidió dejar su perfume en un enorme bote de basura. No habría más remedio que hacer lo mismo con los zapatos y su bolso, pero prefirió hacerlo en su casa. Necesitaba los tacones para hacer ruido y despertar a su padre al volver.

El aguacero casi había cesado cuando llegó frente a su edificio y supo que Mateo estaba despierto porque su ventana era la única con la luz encendida. Sacó las llaves y abrió la puerta de cristal para entrar al vestíbulo. Notó que los pedazos de la carta ya no estaban esparcidos por el suelo. Tuvo el impulso de revisar nuevamente el buzón, pero de inmediato lo rechazó y fue hacia las escaleras. Pensó en quitarse los zapatos para no hacer ruido y despertar al resto de los vecinos, o por si acaso don Agustín también estaba en vela. Lo único que le faltaba era que su rostro adormilado y sucio asomara por la puerta y la descubriera así. Aunque tal vez no era tan mala idea.

Se detuvo unos instantes frente a la puerta de madera de su casa y de pronto se volvió hacia la de su vecino. Puso el índice sobre el botón del timbre y no lo despegó hasta que tuvo a don Agustín delante suyo.

—Sólo quería decirle que vaya usted y chingue a su madre.

Don Agustín no supo qué responder, se quedó perplejo mirándola caminar descalza y empapada hacia su departamento.

Mateo salió a su encuentro en cuanto escuchó el sonido de la cerradura.

—¿Dónde estabas?

—Lo importante es dónde vas a estar tú desde mañana, porque aquí ya no te quiero.

El olor a humo de cigarro la tomó por sorpresa –de momento lo había olvidado–, pero no hizo ningún comentario acerca de eso, ni de las latas de cerveza sobre la mesita frente a la televisión. Se evitó la molestia de entrar en la cocina, porque supuso de antemano que los restos del desayuno, la comida y la cena la aguardaban en el fregadero. Pero no estaba dispuesta a lavar un solo traste. Nunca más.

Sentía que las sienes le iban a estallar.

Se encerró en su cuarto y se desvistió frente al espejo. El maquillaje le había marcado dos círculos negros alrededor de los ojos, y con el cabello empapado su cabeza le pareció mucho más pequeña que su cuerpo. Le dio asco la piel blanca y débil que se amontonaba bajo los senos y coronaba los muslos anchos. Tan fuerte era el dolor que subía desde sus pies hasta la nuca que la obligó a sentarse sobre la cama. Con la mirada todavía en el espejo, escuchó el agua del baño. Seguramente su padre estaba llenando la bañera. Se cubrió con una bata y salió al pasillo. No alzó la vista para ver a Mateo que, silencioso, la observaba desde la puerta de la cocina.

Sintió un ardor casi insoportable cuando sus pies tocaron el agua caliente, pero se obligó a entrar en la tina de todas maneras. El agua transparente se ensució casi de inmediato. Trini estuvo tallando su cuerpo con jabón hasta que el calor se agolpó en su cabeza y no pudo más. Sumergió el rostro en el líquido grisáceo y recordó a los patos. Aguantó la respiración hasta que la angustia la hizo incorporarse. Se avergonzó de su cobardía y golpeó la pared de azulejos con los puños hasta que le dolieron. A través de la puerta alcanzaba a escuchar los pasos de su padre ir y venir por el pasillo. Eso la hizo dudar. Se mordió los labios para no decirle nada, esperando inmóvil hasta que el agua también estuvo completamente quieta.

Por fin, tras observar durante largo rato la navaja para rasurar de Mateo, la tomó entre sus manos.

—Dejé una taza de té sobre tu buró. Mañana hablamos.

Ella asintió, todavía secándose el cabello con la toalla húmeda.

—Por cierto –dijo Trini sin mirarlo a los ojos– ni busques tu navaja para rasurar. Acabo de tirarla.

Détour en París

Por el cristal de la ventana se deslizaba la lluvia del otoño. Yo observaba las imágenes borrosas de gente y autos que corrían por la calle en penumbra. Hacía frío. El aroma a incienso había impregnado la habitación con tal fuerza que cada objeto olía a rosas, a sándalo, a su piel. Su silueta bailaba en mi mente, como todos los días, como si se tratara de un ser diminuto de carne y hueso que estuviera atrapado ahí, dentro de mi cabeza; sus ojos, su aliento, su piel: tan reales. Creo que si en ese momento me hubiera pegado un tiro en la sien, ella habría salido al fin libre, pero habría permanecido ahí cerca sólo para seguir rondando mi cadáver. Para revivirme con su voz de sirena.

¿Por dónde empezar a explicarlo? ¿A *ex-pli-cár-me-lo*?

La vi por primera vez en un café. Me impresionó tanto que me detuve sólo para contemplarla. Estaba envuelta en una mascada hindú, la mirada fija en el vacío, el humo del cigarrillo escalándole el rostro para luego diluirse en el aire, perderse entre las voces. Parecía una de esas postales en blanco y negro que están de moda. Los rizos oscuros flotaban sobre sus hombros, se acurrucaban en la seda. La admiré tanto que me asusté y le di la espalda. Necesitaba caminar para despejarme. Pero su imagen permaneció aferrada a mi memoria durante muchas horas, como si se hubiera paralizado frente a mis ojos.

No la encontré de nuevo sino varios meses más tarde. La reconocí de inmediato. Estaba sentada en el mismo café comiendo un *croque madame*. La acompañaba un conocido mío, François. Fuimos compañeros de trabajo todo el verano. Él consiguió la pistola. No sé de dónde la sacó. No me molesté en preguntárselo (¿por qué?). François nos enseñó a tirar al blanco en *Vaux-sur-Seine*, en un bosquecito donde rara vez había alguien. Es muy importante porque también fue él quien nos presentó. Me costó un esfuerzo enorme reunir valor para acercarme a saludarlos. Los observé durante un rato largo con la respiración agitada. Ariane me saludó cordial, aunque un tanto indiferente. Yo sudaba frío. Disimulé mi nerviosismo lo más que pude, pero el temblor de mis manos me delató. Tiempo después ella me lo dijo.

A partir de esa noche me fue casi imposible conciliar el sueño. Tenía tanto miedo de lo que estaba pasando que hacía todo al revés. Me costaba reconocer mis propios sentimientos, ¿cómo enfrentar algo tan desconcertante? En una ocasión hasta olvidé transbordar en el metro y sin darme cuenta llegué a Versalles.

Mierda de días.

Al caminar por las calles o curiosear por las tiendas imaginaba cada blusa, cada pantalón puestos en Ariane. Aprovechaba cualquier pretexto para regalarle chocolates y otras golosinas. Ella sonreía, me daba un beso en la mejilla y yo sentía escalofríos. Nuestra amistad creció rápidamente porque hice cuanto pude para ganarme su confianza. Quería estar siempre con ella. Y a Ariane parecía gustarle. Yo sólo había tenido una amiga, Faustine. Murió antes de cumplir catorce años. Me dolió tanto que decidí no volver a depositar mi afecto en una sola persona. Hasta que llegó Ariane.

Significó mucho para mí que me entregara el incienso que le regalaba un amigo suyo, el mismo hindú que le había dado la mascada que traía puesta el primer día que la vi. Luego descubrimos que era fascinante caminar juntas al lado del río durante el atardecer. Ariane hablaba de la muerte, del arte, de pintura, pero sobre todo de música. Yo, de libros. Pero casi siempre quien dominaba la conversación era ella. Tocaba muy bien el saxofón y sabía dibujar. Una vez me hizo un retrato, pero lo rompí tras una discusión (cómo me arrepiento). Ariane me parecía un poco como un personaje del *Cuarteto de Alejandría*. Tenía algo del misterio de Justine, de la dulzura de Clea. Ciertos detalles de su actitud me remitían a ellas con frecuencia. Era como si, de pronto, aquellos personajes vivieran en sus ojos, en su voz, en su manera de mirarme.

Nunca se lo dije. No sé la razón.

Por Faustine jamás sentí atracción alguna. Ariane fue la primera vez, por eso era desconcertante y aterrador.

No tenía idea de cómo explicárselo a Sebastien. Durante mis noches de insomnio él me preparaba té de jazmín, me daba masajes en la espalda. Pero tenerlo cerca sólo empeoraba mi confusión. Creo que fueron casi siete –¿ocho?– los meses que vivimos juntos. Todos sus esfuerzos por mantenernos unidos más tiempo resultaron vanos. Terminamos unas semanas después de nuestro último intento fallido por hacer el amor. Me parece que estuve con él más por aniquilar la soledad que por otra cosa. No es nada novedoso, mucho menos original, lo sé. Pero cuando llegó Ariane y todo se me juntó, por alguna razón yo sentía que era la única persona en el mundo a la que le estaba sucediendo algo así.

Durante las últimas semanas de mi relación con él yo ya había entablado una amistad muy cercana con Ariane. Antes de hacernos amigas, cuando todo apenas comenzaba, pensé en mudarme lejos de París, con mi tía de Perpignan. Visitarla habría sido un buen escape. Me irritaba no entender mis sentimientos, tenerles tanto miedo. Peor aun era no tener con quién compartir eso, ni tampoco la frustración por el fracaso con Sebastien. Tiene gracia recordarlo: quise consultar a un sicoanalista, pero mi sueldo no alcanzaba para tanto.

Y Ariane me fue envolviendo hasta que ya no pude separarme de su lado.

Cuando nos mudamos juntas sólo éramos amigas. Conseguimos un departamento muy céntrico y ella lo decoró. No había muchas cosas: sólo la mesa de madera, un sillón, las camas, pero, eso sí, bastantes cojines y en la pared, un cartel de un cuadro de Klimt. Era su pintor favorito. Guardamos mis pequeñas reproducciones de Monet en el sótano, junto con algunos otros objetos, porque habrían desentonado. Ariane decía que eran de mal gusto. Cuando me fui ni siquiera quise llevármelas. Tal vez todavía estén ahí. Qué importa.

Ariane prendía incienso cada noche. Era como un ritual que necesitaba para vivir. Se sentaba en el piso y, con la mirada perdida, empezaba a decir palabras en voz muy baja. Parecían plegarias, pero yo sabía que ella era atea. A veces lloraba mucho después de encender el incienso. Yo me limitaba a acariciarle el cabello y a pedirle que se tranquilizara. Una noche le pregunté la causa de su llanto y respondió que extrañaba a alguien. Quiso seguir hablando, pero la interrumpí y la abracé con más fuerza. Apreté los dientes para no llorar y me prometí no hacerle más preguntas. No quise saber nada. Cobarde de mierda.

Pronto me acostumbré a sus sollozos nocturnos, tras los

que abría un libro de poemas para leer en voz alta. Su voz me sorprendía siempre. Aunque se tratara de los mismos versos, nunca los decía de la misma manera. A veces los susurraba, otras los gritaba o los convertía en canciones con melodías que ella misma iba inventando. En una ocasión, un vecino bajó a quejarse. Pasaban de las 11 y los cantos de Ariane se escuchaban en casi todo el piso. Ella se puso furiosa. En lugar de disculparse lo insultó. Quise calmarla, pero me dio una bofetada y se fue de la casa. La esperé despierta la noche entera, llorando. Regresó por la mañana con una pequeña bolsa de papel en la mano. "Compré *croissants* recién horneados y tu mermelada favorita. ¿Tienes hambre?", preguntó con timidez. Supe que era su manera de decir que lamentaba haberme golpeado. Yo estaba segura de que no había querido lastimarme. Desayunamos escuchando un poco de música y no se volvió a hablar del asunto.

La primera vez que nos besamos fue después de dos meses de vivir juntas. Cenábamos galletas con paté y habíamos bebido en exceso. Todavía recuerdo el ligero sabor a vino y tabaco en su lengua. La superficie suave de sus dientes. El escalofrío cuando llevó mi mano a su pecho y sentí por primera vez la tersura de unos pezones que no eran los míos y que no quería dejar de tocar. De lamer.

Ojalá que nadie nunca lea esto, qué vergüenza. ¿Lo tacho? No. Es mejor seguir. Sacarlo todo para ver si me ayuda a comprender mejor las cosas.

A partir de ese momento nuestra relación cambió por completo. Ariane se convirtió en lo único que yo tenía en el mundo. Me daba tanto miedo perderla que no toleraba la idea de que se alejara de mí. Me enfurecía incluso que mirara demasiado a François los fines de semana en que íbamos a tirar al blanco. La idea fue de ella. Habían asaltado al conserje del edificio y se le ocurrió que estaríamos desprotegidas ante una posible agresión. Yo tenía pavor a las armas. Al principio me negué a tocar la pistola. Pero ella la colocó con cuidado entre mis manos y me sostuvo los brazos para el primer disparo. Pegó su cuerpo a mi espalda, me rozó la oreja con los labios húmedos y me dijo que tirara del gatillo.

El arma tenía silenciador, pero el golpe que sentí cuando salió la bala me empujó hacia atrás y grité. François y ella sonrieron, me animaron a intentarlo de nuevo hasta que perdiera el miedo y muy pronto me sentí mejor.

A Ariane le gustaba que yo la peinara en las mañanas, antes de salir. Por la tarde nos reuníamos frente al río y caminábamos un poco. Algunas veces me abrazaba muy fuerte y susurraba que me había extrañado muchísimo. No recuerdo haberme sentido nunca tan feliz como entonces. Si el clima era bueno, caminábamos hasta la casa. Además, así ahorrábamos un poco. Ella quería mudarse a *Montmartre*, lo más cerca posible de la *Place du Tertre*. Ahí, donde están todos los pintores y los músicos, era donde más le gustaba ir, a pesar de que estuviera tan lleno de turistas. Odio a los turistas. Sobre todo a los japoneses. Son una verdadera plaga. Pero cuando necesitaba dinero, Ariane llevaba su saxofón y se ponía a tocar durante horas ahí, en medio de todos esos extranjeros presumidos y estúpidos que ni siquiera hablan francés y esperan que uno les resuelva la vida cada vez que se pierden. Ella se sabía de memoria muchas melodías. La gente, sobre todo los extranjeros, precisamente, le pedían ésta o aquélla y si no la conocía con exactitud, improvisaba. Le aplaudían mucho. Cuando tenía el saxofón entre las manos era como si estuviera haciendo el amor. Me daban celos. Era como si el aire que respiraba lo absorbiera de él: en vez de soplar por la boquilla, más bien la bebía lentamente. Saboreaba cada nota. Quizá por eso a la gente le gustaba tanto escucharla. Había un dejo casi imperceptible de melancolía hasta en la tonada más alegre y esta contradicción era hechizante. Cerraba los ojos y estaba completamente indefensa; se olvidaba del mundo. Yo la observaba intentando memorizar cada uno de sus gestos para ver si me regalaba uno igual cuando estuviéramos solas. Nunca sucedió y me daba rabia, pero jamás le reproché nada. Y cuando se ponía la mascada hindú se transformaba casi en una encantadora de serpientes que los japoneses no se cansaban de fotografiar como si fuera una atracción de zoológico. Enanos mierderos, piensan que controlan el mundo porque lo deslumbran en manadas con sus *flashes*.

La convencí de no mudarnos a *Montmartre* precisamente porque me parece un rumbo inhabitable y, además, porque trabajábamos muy lejos de ahí. Pero en realidad pensaba que, por estar tan cerca de *Pigalle*, sería peligroso para ella. Sobre todo cuando le daba por salir sola a media noche, después de llorar a gritos, discutir conmigo y romper algo. Empezó por arrojar el cenicero a la pared. Luego tiraba los vasos contra el piso. Incluso desgarró unas blusas, pero nunca más me golpeó. Al amanecer volvía a casa con aquellos ojos de niña triste, me llenaba la cara de besos y yo no podía enfadarme.

Sólo una vez le pregunté a François acerca del pasado de Ariane. Titubeó un poco y luego se encogió de hombros. Tampoco quiso contarme cómo la había conocido. Por su parte, ella tampoco mencionó nada al respecto y, cuando intenté tocar el tema, desvió la conversación. No me costó dejar de insistir. Me sentí inquieta, pero traté de no darle mayor importancia al asunto. Que yo supiera, Ariane no tenía familia, al menos en París. La mía se mudó hace tres, no, cuatro años a la Martinica. Yo preferí quedarme. Ya bastantes negros tenemos en Francia como para ir a una isla donde son mayoría y donde, además, hace un calor del demonio. Pero no se los dije así porque se hubieran ofendido.

Ariane tuvo una fuerte depresión en marzo. Dejó de trabajar y permanecía todo el día tirada en la cama mirando al techo. Me alarmé mucho. Quería quedarme a cuidarla, pero alguien tenía que hacerse cargo de los gastos. Mi salario de bibliotecaria –todo eso me parece tan ridículo ahora– no era suficiente, así que tuve que aceptar el empleo de mesera en un bar, sólo los fines de semana, casi hasta la madrugada. Estaba exhausta al cabo de poco tiempo, pero aún así me ocupaba de lavar a Ariane, de darle de comer en la boca. No quise llamar a un médico por miedo a que la separaran de mí. Entonces François se ofreció a ayudarme a cuidar de ella. La acompañaría en las noches, mientras yo estaba en el bar, y algunas tardes entre semana. Así no tendría tantas presiones, dijo. Cuando me lo propuso, me negué rotundamente. Pero el cansancio me obligó a acceder.

Poco después Ariane volvió a la normalidad. Empezó por tocar su saxofón en casa otra vez y luego, una mañana, se levantó muy contenta, como si nada hubiera sucedido, y salió a interpretar melodías a la calle. Después de eso, jamás volvió a llorar. Ni siquiera con el incienso.

Una tarde me encontré a Sebastien en la calle. Ariane y yo íbamos tomadas de la mano. Muchas veces había intentado imaginar qué sucedería si me lo encontraba.

Sentí vergüenza.

Creo que él lo notó y por eso desvió la mirada. Ariane me sujetó la mano con más fuerza, sonrió y me deshice de la inquietud tomando un chocolate caliente con ella. Me llevó justamente al café donde nos conocimos y, antes de irnos, puso su mascada hindú alrededor de mi cuello. "Te la regalo", dijo sonriente. Desde ese momento la utilicé todos los días, aunque hiciera calor. Nunca la lavé, porque olía a ella.

En su nueva etapa, en la que ya no lloraba ni rompía cosas, le dio por los tatuajes. La piel se le irritaba. Le subía la temperatura hasta hacerla delirar. Aún así, iba cada semana a que le dibujaran algo nuevo. Creaba sus propios diseños en una hoja y los llevaba consigo cada lunes. Nunca me permitió acompañarla. Luego me enteré de que iba con François. Volvía con la nariz roja, aunque negaba haber llorado de dolor, y estaba muy pálida. Como ya no trabajaba en el bar me pasaba la noche poniéndole bolsas con hielo sobre la frente, toallas húmedas en las corvas. La situación empezaba a fastidiarme, pero no sabía cómo decírselo. Temía que se enojara. Y aunque eso hubiera podido considerarse en ella un lugar común, y yo estaba consciente, no quería perderla. Porque cuando se acurrucaba entre mis brazos todo volvía a tener sentido.

Me duele la mano. Debe ser porque hace mucho no escribía tanto.

Me fui de la casa después de una gran pelea. Aquella tarde lluviosa en que salí a buscarla ya habíamos terminado. Ella me dijo que le urgía hablar conmigo y, luego de darle muchas vueltas al asunto, confesó que estaba embarazada. Se quería marchar a vivir temporalmente con François, "pero él no es el papá", dijo, como si eso fuera un consuelo. Me tomó varios minutos asimilar la noticia. Fue como si todo mi cuerpo se hubiera dormido de golpe; al principio no pude reaccionar. Me tomó semanas –ya separada de ella— empezar a comprender lo sucedido, pero jamás logré digerirlo. Preferí irme de la casa antes de que me abandonara. Aquella fue la única vez que le pegué. Cuando por fin mi brazo accedió a obedecerme, le di un puñetazo en la boca. No se defendió. Empezó a correrle sangre por la barbilla.

Ella tenía los dientes rojos.

Yo tenía los nudillos rojos.

Repitió muchas veces que lo sentía. Lloró, no sé si porque le dolían los labios o le dolía yo. ¿Qué importaba? Agarré lo que pude y me fui a un hotel barato. Casi no podía respirar cuando salí a la calle.

Pronto conseguí donde vivir pero me di cuenta de que no podía estar tranquila en ningún sitio lejos de ella. Lo único que hacía era llorar día y noche. En la calle, en mi cuarto alquilado. La gente me regalaba pañuelos desechables en el metro o el autobús porque no lograba contenerme. Hacía el ridículo por los parques y plazas que antes recorrimos juntas y que no me dejaban olvidar porque aquella voz mentirosa cantaba siempre en mi memoria. Porque todavía estaba celosa del saxofón y cada vez que veía a un japonés me invadía una furia difícil de controlar. Pobres, ellos qué culpa tenían. Bueno, un poco. No sé. Lo único que sí sabía era que no podía liberarme de Ariane. Así que decidí buscarla.

Me había llevado la pistola sin la intención de disparar.

Quería darle un susto, algo así.

Qué pendeja.

Abrió la puerta sobresaltada por mi visita. Ni siquiera el interfón pudo disfrazar la sorpresa que derramó su voz. François vivía con ella en nuestro departamento desde que me había marchado, me lo dijo el hindú del incienso, cuyo nombre nunca logro recordar, pero tiene la piel color verdoso y unos ojos inmensos.

Hice un esfuerzo enorme para subir cada escalón hasta llegar al departamento. Me temblaban las rodillas y pensé que no iban a sostenerme una vez que estuviera frente a ella.

Ariane estaba sola. Al verme sonrió con timidez. Bella, como siempre. El aroma de sándalo de su piel me invadió de nuevo. Quería decirle tantas cosas, gritarle el rencor, los celos, hablarle del dolor que paseaba a mi lado en cada calle sin ella, y otra vez mi cuerpo y mi garganta se quedaron como adormecidos. Apenas podía distinguir su figura entre mis lágrimas cuando su dulce "Qué bueno que vienes" desató mi furia y disparé. Una vez, dos, quién sabe, no conté y no he querido preguntar. La pistola todavía tenía puesto el silenciador, así que los sonidos que más recuerdo, los que no he podido olvidar ni siquiera evocando su risa o su saxofón, son el grito de Ariane y su caída seca, súbita, contra el piso.

No quería hacerlo.

Deja de llorar. Deja de llorar que se corre la tinta, te digo. ¿No me podían dar un bolígrafo en vez de una pluma fuente?

Su sangre me manchó la ropa, su mascada. Los oficiales me la quitaron y me hicieron cientos de preguntas y me encerraron aquí (aunque luego quisieron sacarme porque me dijeron que François había venido a verme. No quise recibirlo. ¿Ya para qué? Si con Faustine no aprendí la lección, esta vez sí).

Odio este cuarto. Huele mal. Como a sudores viejos arrebujados uno sobre otro. Lo que me da más asco es no saber quién durmió antes en esta cama. ¿Una argelina? ¿Una puta? No importa, no importa, no importa.
Pero es que sí me importa.

Mierda. Esta tinta se sigue corriendo.

Cómo me hace falta un poco de incienso para mitigar esta peste.

¿Y ahora qué?

Es obvio: lo único que tienes para pasar el rato es este *block* que te envió François y que ya llenaste de dibujos absurdos y de esta carta a nadie que no sabes cuándo vas a terminar (y que jamás debe leer tu abogada porque tiene cara de japonesa).

Esa mujer quiere detalles de mi relación con Ariane. Cada vez que me visita me hace preguntas íntimas y me pone nerviosa cuando me mira con esos ojos tan largos. Necesita fechas, hechos. Dice que es para defenderme. Está loca si piensa que le creo.

Tengo que esconder esto muy bien.

Mi mascada, la mascada hindú.

Quisiera que me devolvieran.

Que no la laven.

No importa que esté sucia.

Huele a ella.

Paganini entre dos

Para mi papá, por supuesto

Esa mujer fue la primera en pasar a felicitarlo. Me miró con asombro en cuanto abrí la puerta del camerino, pero en ese momento no le presté demasiada atención. Han dejado de importarme hace tiempo los gestos de sorpresa –casi espanto– de las personas al verme por primera vez. Muchos necesitan alzar la vista para encontrarse con la mía. Debo confesar que esto me acomplejaba, hasta que descubrí las ventajas de observar, retar a la gente desde las alturas. Por un lado, es divertido comprobar que pocos se atreven a contrariarme. Es muy difícil que alguien me moleste en la calle. Pero lo mejor es que papá me permite cuidar su violín. Dice que está más seguro conmigo; que sólo un loco intentaría quitármelo, y se ríe. Por eso cada vez que viajamos, él se encarga del resto del equipaje, y yo me dedico sólo a vigilar el Stradivarius. Precisamente estaba guardándolo en su estuche cuando papá me dijo que ya podía dejar entrar a las personas del público que quisieran saludarlo. La fila de gente era larga, como siempre, pero la primera en entrar fue ella.

Edith pudo ver a varias personas enjugándose las lágrimas mientras escuchaban a Fabián tocar el violín. La orquesta le aplaudió de pie durante varios minutos y la insistencia de la gente lo obligó a dar dos *encores*. Apenas terminó el segundo, Edith se apresuró en llegar al camerino, tal como había acordado con él la tarde anterior. Quería decirle cuánto había disfrutado el concierto y, además, sentía una inmensa curiosidad de ver a Rebeca: la última vez que estuvieron juntas, la niña tenía sólo cinco años, aunque aparentaba más. Fabián le había hablado con orgullo de su hija durante la comida en que se encontraron por casualidad. "Hace esculturas en mármol." Edith recordaba perfectamente el rostro pálido de Rebeca, sus ojos claros, la voz infantil que preguntaba por mamá cuando Fabián aún no sabía cómo explicarle que había muerto.

—¿Mármol? ¿Tan fuerte es? –preguntó de inmediato.

Fabián asintió:

—Espera que la veas.

A Edith le parecía casi imposible imaginar cómo era ahora, cómo se comportaría; por eso se sentía un poco nerviosa mientras aguardaba.

La gente se formó en una larga hilera alistando sus bolígrafos y los programas de mano. Varios minutos más tarde abrieron la puerta y Edith tuvo que esforzarse para disimular su asombro al ver a Rebeca. De inmediato comprendió por qué su padre la comparaba con una valquiria.

Papá la saludó con familiaridad sorprendente y fue en ese momento cuando la reconocí. Casi nunca olvido los rostros de las personas, aunque debo aceptar que del suyo no me acordaba en detalle. Luego nos presentó.

—Mira, Becky, ella es Edith, ¿la recuerdas?

—No, para nada. ¿Por qué?

Edith me sonrió y extendió su mano. Sudaba. Me parece tan desagradable estrechar una mano húmeda, que automá-

ticamente me limpié en la falda después de saludarla. Edith se desconcertó, pero por suerte papá no se dio cuenta porque estaba entretenido con otras personas. Entonces ella aprovechó para explicarme que ya nos conocíamos, pero yo era muy pequeña para recordarlo ahora. Preferí no hacerle ningún comentario al ı especto.

—Qué bonito concierto, ¿verdad?

La pobre no fue nada original, así que ni siquiera me volví para mirarla. Simplemente me senté en el sillón, con el estuche del violín sobre las piernas, a esperar que papá se desocupara.

Edith no sabía de qué hablar con Rebeca, pero le pareció que no era correcto guardar silencio. Creyó que Fabián la culparía de no ser amigable con su hija y después de tanto tiempo de no haberlos visto, le interesaba causar buena impresión.

—¿Tú también tocas?

Detesto que me hagan esa pregunta.

—No. ¿Y usted?

Edith no entendía por qué Rebeca la miraba con tanto desprecio; por qué resultaban contraproducentes sus intentos de simpatizarle. Miró a Fabián que conversaba con algunos músicos de la orquesta y deseó que terminara pronto. Quizá durante la cena mejorarían las cosas. Se propuso ser paciente y se sentó junto a Rebeca, quien de inmediato fue hacia su padre.

—Papi, vámonos. Tengo hambre.

Papá se despidió de todos, menos de Edith. Entonces me di cuenta de que vendría con nosotros al restaurante. Después de los conciertos siempre íbamos a cenar con algunos amigos, músicos de la orquesta, conocidos. Esta vez sólo seríamos nosotros y Edith. Forcé una sonrisa para que papá no pudiera acusarme de descortés. Creí que iba a ser cuestión de disimular unas cuantas horas solamente y me resigné.

Pero no, no fuimos a ningún restaurante. Papá le ordenó al chofer que nos llevara a casa. "Cómo a casa. Hay que celebrar en otra parte", insistí. El sonrió y me acarició el cabello. "No. Prefiero estar en un sitio tranquilo", respondió. No pude ver el rostro de Edith porque miraba hacia la calle a través de la ventanilla, pero juraría que se sintió complacida. Si conocía a papá, debía saber que casi nunca llevaba invitados a casa.

Era preferible mirar la calle que a Fabián con la mano de su hija entre las suyas mientras decidían dónde ir. Edith no quería, por ningún motivo, ser partícipe de la pequeña discusión. Cenar en casa de Fabián, conocer el lugar en que vivía ahora, la hacía sentir feliz, y el enojo de Rebeca –tenía que reconocerlo– importante. Pensó que en realidad no podía quejarse, y prefirió guardar silencio.

—Tú no lo sabes, pero Edith estuvo a punto de convertirse en tu mamá.

—¿Me pasas un pan, papi?

Sí lo sabía: estaba claro que aún tenía ganas de serlo y yo, sencillamente, no quería oír hablar del asunto. Tomé el pan, lo partí en varios trozos y estuve jugando con las migajas durante casi toda la cena. Imposible probar un solo bocado.

Edith se sonrojó.

—Fue hace muchos años. Pero tu papá prefirió dedicarse a cuidarte.

Recordaba muy bien la negativa de Fabián. "Rebeca no acepta a nadie en el lugar de su madre, comprende." Edith comprendió y por eso había decidido marcharse, no buscarlo más. Pero esta vez no estaba dispuesta a ceder tan fácilmente.

—Así que se encontraron en la comida del otro día. Qué casualidad.

—Sí, así es.

A mí no me engañaba. Seguramente sabía que papá estaba invitado y fue a buscarlo. Pero no iba a salirse con la suya. Yo tenía que encontrar una solución.

Cuando Rebeca accedió a mostrarle la casa Edith se sintió más tranquila, casi contenta. Al fondo de un gran jardín estaba su taller de escultura, un cuarto amplio con varios ventanales.

Esparcidos por el piso había trozos de periódicos, herramientas y varios bloques pequeños de mármol. Sobre la mesa había uno más grande que el resto, a medio terminar.

—¿Quién es?

—Euterpe. La estoy haciendo para papá.

Sólo necesitaba detallarle el rostro y los brazos. Quería tenerla lista para dársela antes de irnos a Berlín. Nada más faltaban seis semanas para su concierto con la Filarmónica.

Además del taller, Rebeca le mostró su gimnasio.

—Yo no sabría qué hacer con tantos aparatos.

No, por supuesto que no sabría.

El baño era uno de sus lugares predilectos, le dijo: estaba adornado con plantas naturales, tenía un enorme tragaluz, sauna y una tina antigua.

—Qué bonita, con patas y todo.

Le enseñé toda la casa menos el estudio de papá. Me revolvía el estómago imaginarla haciendo algún comentario estúpido en ese lugar sagrado. Pero papá la acompañó hasta él y le contó la historia de algunos cuadros y de nuestras fotografías. Le dijo que no había ninguna de mamá porque nos dolía recordarla. Entonces preferimos colocar sólo las nuestras, en Inglaterra, en Buenos Aires, en Moscú. Pero a mí ya no me dolía acordarme de mamá. Supongo que se debe a lo poco que la conocí. Me negué a colocar su fotografía en el estudio porque sería una distracción para papá. Tendría otro rostro que mirar, además del mío, y eso no me gustaba.

Edith sintió que se le erizaba la piel cuando él accedió a tocar para ella alguna melodía en el violín. Ni siquiera se volvió para mirar la reacción de Rebeca: sus ojos no se separaron de Fabián ni un momento.

Eso era demasiado. Paganini es mi favorito, ¿cómo se atrevía a tocarlo para ella?

—Es el compositor preferido de Becky. Desde que era niña le toco una o dos piezas cada noche, antes de que se duerma.

Sólo entonces reparó Edith en la presencia de Rebeca y sonrió pensando que, si las cosas resultaban como quería, pronto también ella podría escuchar a Paganini antes de dormir.

Bueno, al menos guardó el violín antes de que a Edith se le ocurriera pedirle verlo de cerca. Comenzaba a sentirme más tranquila cuando de repente papá le propuso a Edith que volviera a visitarnos al día siguiente. Quise intervenir: le dije a papá que no la presionara, que quizá se aburriría de vernos tan pronto, pero ella se defendió bien. Cómo iba a fastidiarse de nosotros si nos quería tanto, le dijo. Odié el destello en sus ojos. Esa noche no quise escuchar más Paganini antes de acostarme y, por supuesto, no pude dormir.

Me fue imposible evitar que salieran varias veces más los dos juntos. Mientras estaban fuera, me encerraba en el taller a trabajar mi escultura, pero ni siquiera conseguía darle forma a los brazos de la musa. No lograba decidir en qué posición hacerlos. Me angustiaba el viaje a Berlín porque quería terminar la estatua a tiempo, aunque en el fondo era un consuelo saber que la fecha de partida se acercaba: sería la oportunidad perfecta para alejarnos de Edith.

—¿Y la escuela?

—Hace un año la dejé.

Fabián le explicó que Rebeca le había pedido unos meses de descanso, no sólo para estar juntos durante una temporada más larga, sino para decidir acerca de su vocación. Si optaba definitivamente por la escultura, quería pasar el mayor tiempo posible con ella, antes de enviarla a estudiar fuera. Sería difícil estar separados y no quería presionarla. Edith estuvo de acuerdo. Buscó en Rebeca algún gesto que delatara la aprobación que esperaba obtener a cambio, pero no vio nada fuera de lo usual. Sólo prestaba atención a las acciones y palabras de su padre.

Estuve a punto de gritar, pero me controlé. Papá me lo contó después de haber practicado el violín durante horas. Es cierto, había algo extraño en las notas que alcancé a escuchar esta mañana. No sé por qué razón no hice caso. Hasta que entró en mi taller y me lo dijo: Edith vendría a vivir con nosotros.

¿Cómo concentrarme ahora en mi escultura?

Edith tenía poco equipaje, y no tardó en acomodar su ropa junto a la de Fabián.

No. No podía concentrarme en la escultura. Ni en nada.

El viaje a Berlín sería la oportunidad perfecta para estar más tiempo con él. Además, estaba harta de la indiferencia de Rebeca y quería darle una lección.

—Te prometo que haré hasta lo imposible por ganármela –mintió–. Deja que vaya con ustedes.

La rompí.

Rompí la escultura cuando me enteré de que también vendría con nosotros de viaje.

Dos días antes de partir Edith decidió asear la casa a fondo. Vació los libreros para limpiar una por una las partituras de Fabián y se opuso a que los sirvientes la ayudaran. Rebeca la observaba, muy seria, sentada en un sillón. Después subió a su recámara y permaneció ahí el resto de la tarde porque, mientras Edith limpiaba el estudio, Fabián tuvo que encerrarse en el taller de Rebeca para poder ensayar con su violín. Casi al anochecer Edith entró a avisarle que ya todas las partituras estaban de vuelta en su sitio, de manera que podía regresar a la casa a seguir estudiando. No habría más interrupciones.

—Te ves exhausta.

—Sí. Estoy cansada, pero no te preocupes.

—Date un baño en la tina de Becky. Es bueno para descansar.

—¿Y si se enoja?

—Claro que no. Ahí hay toallas limpias. Entra de una vez.

—Me da pena.

—No seas ridícula. Te espero en la casa.

Cuando vi a papá cruzar el jardín hacia la casa decidí bajar para poner en orden mi taller.

Había planeado no hacer otra escultura hasta volver de Berlín, pero de todas maneras quería sentarme a dibujar y la mesa todavía estaba cubierta con los restos de la figura que rompí. Salí de la recámara con cautela. No quería toparme con Edith.

Edith estiró las piernas, los brazos, permitiendo que el agua la rodeara y la cubriera poco a poco. El vapor empezó a inundar lentamente la habitación. En ese momento pensó que nunca antes se había sentido tan tranquila, tan satisfecha. La espera había valido la pena. Por otro lado, desde el primer día le había apetecido sumergirse en esa tina.

Escuché el ruido del agua. En mi baño. Había alguien en mi baño. Tenía que ser Edith.

Mientras subía el nivel del agua dentro de la tina, imaginaba su futuro al lado de Fabián. Iba a acompañarlo siempre, a cuidar de él. A Rebeca no le quedaría más remedio que acostumbrarse. Además, quizá pronto dejaría de ser hija única: Edith estaba decidida a convencer a Fabián durante el viaje de tener un hijo.

Esta vez sí me atrevería a reclamarle, a decir en voz alta lo que pensaba de verdad. Ya no iba a faltarme el valor: no podía seguir tolerando sus intromisiones.

Se puso de pie cuando vio entrar a Rebeca, furiosa, casi corriendo hacia ella. Intentó explicarle por qué estaba ahí, ofrecerle disculpas para tranquilizarla de momento. Pero Rebeca gritaba sin parar. Edith creyó que la furia la hacía parecer más grande, más fuerte aún, casi bestial. Por primera vez le tuvo miedo y dio un paso hacia atrás para alejarse de ella.

Y cuando quiso irse, resbaló. La vi caer de espaldas y golpearse la nuca contra el borde de la tina. La sangre se deslizó y manchó los mosaicos alrededor de las patas de la tina; no sé cómo ni en qué momento se golpeó la cabeza. No lo vi con precisión porque cerré los ojos. En ese instante, justo en ese instante apareció en mi mente la imagen que tanto había buscado: el rostro sonriente de Euterpe y sus brazos extendidos, como si esperara a alguien.

Tenía el pulso acelerado, las manos temblorosas; al principio quise ir en busca de ayuda, avisarle a papá, pero primero tuve que correr a dibujar aquella silueta en una hoja de papel para no olvidar ningún detalle y esculpirla a mi regreso de Berlín. Para tranquilizarme un poco limpié la mesa, acomodé las losas. De pronto me di cuenta de que lo ocurrido ya no tenía remedio y de que no tendría tiempo para los quehaceres después. Los preparativos del viaje, y el velorio y el entierro, me tendrían ocupada, lejos del taller. Y yo quería terminar mi escultura para regalársela a papá en su cumpleaños, a más tardar.

Antes de regresar a mi cuarto, entré a ver a Edith. Por fortuna su sangre no había alcanzado la madera de mi sauna.

Sólo quedaba esperar hasta que alguien la encontrara. Pensándolo bien, fue un accidente afortunado. Papá no podría reclamarme nada y, lo mejor: en las noches volvería a tocar sólo para mí.

Malentendido

Nadie pudo dejar de notarla. Y menos yo. La trajo mi vecino Jacinto, el único pintor de por acá que hace dibujos inentendibles en vez de paisajes para venderles a los turistas. Nunca le había conocido novia ni amante, ni nada parecido, hasta que un buen día apareció con esa mujer. Desde mi departamento oí sus pasos por el corredor y decidí salir a saludarlo para saber cómo le había ido con los cuadros. No es fácil venderlos. Jacinto y yo hablábamos de eso a veces. Él era muy callado, pero yo trataba de hacerle plática cada vez que podía porque creo que no hablar, a la larga, enferma. Supuse que estaría solo, como siempre. Me equivoqué.

Abrí mi puerta y lo primero que vi fue a Inés, de pie, unos cuantos metros atrás de Jacinto. Traía el pelo trenzado y cargaba una jaula cubierta con un trapo negro. Quise ayudarlos a meter el equipaje al departamento, pero Jacinto no me dejó. Inés estuvo callada todo el tiempo mientras él llevaba los bultos a la sala. No contestaron ninguna de mis preguntas. Creo que Inés quería hacerlo, pero Jacinto la miró de una manera que hasta a mí se me quitaron las ganas de seguir hablando. Después ella entró también y cerraron la puerta. No sé qué me dio más rabia: su majadería o darme cuenta de que ya no iba a ser la única persona que compartiera las pocas palabras de Jacinto, pero igual me encerré en mi recámara hasta el día siguiente. Además, Inés me intrigaba muchísimo. Ni siquiera se notaba su respiración. Era como una muñeca flaca de ojos grandes.

Pasaron varios días antes de que volviera a verlos. Yo regresaba de la oficina cuando ellos salían, tal vez al teatro o algo así porque su ropa era elegante. Tuve que aceptar que hacían una bonita pareja, aunque ver a Jacinto acompañado –y vestido así, como nunca antes– me produjo un malestar extraño. No es que él me importara. Bueno, sí. Pero también quería saber de dónde había sacado a una mujer tan bella. Desde cuándo la conocía. Los saludé con indiferencia, para que vieran lo que se siente, y entré a mi casa. Más tarde, cuando volvieron, me despertó la voz de Jacinto gritando. No era mi intención escuchar, pero las paredes son muy delgadas.

—¡Te dije que no hablaras con nadie!

—No podía ser tan descortés. Por favor, entiende.

—La que tiene que entender eres tú. No tolero que hables con nadie más.

—Lo siento, de verdad.

—Eres una estúpida.

—Perdón.

—Ya cállate. Ojalá te mueras.

Me asusté mucho. Estuve a punto de ir por ayuda, pero primero decidí averiguar qué pasaba. Por el barandal de mi balcón puedo pasar fácilmente al de Jacinto. Muchas veces lo hice para cerrar su ventana cuando empezaba a llover y él aún no había llegado. Siempre me lo agradecía. Entonces salté cuidadosamente a su balcón procurando no hacer ruido y vi que, en lugar de hacerle daño, le hacía el amor sobre el tapete de la sala. Debí haberme ido, sé que hice mal quedándome ahí, pero algo me retuvo. Era una nueva manera de descubrir a Jacinto. Parecía siempre tan reacio, tan duro, que nunca lo imaginé capaz de una muestra de dulzura como esa. Verlo acariciar cada parte del cuerpo esbelto, casi fantasmal, de Inés y enredarse en su cabello rojo, infinitamente largo, expandiéndose por el piso, me dio escalofríos. Quería cerrar los ojos y no podía, lo juro. De momento quise ser Inés, y también Jacinto. Estar ahí.

No pude dormir esa noche y a partir de aquel día no logré dominar el deseo de ir a su balcón para observarlos. Una noche él la mojó con tequila y luego la lamió lentamente. Ahora ya no se me antoja beber a solas.

Espiarlos me hacía sentir culpable, pero no tenía más remedio. Jacinto seguía ignorándome, y con Inés no había cruzado palabra. Ni siquiera sabía que se llamaba Inés.

Jacinto salía en las tardes un rato. Sólo sabía a dónde había ido cuando regresaba con bolsas del mercado o con más material para sus cuadros. En cuanto oía sus pasos por el pasillo entreabría la puerta para verlo llegar. Nunca me atreví a seguirlo, aunque ganas no me faltaron. Inés iba con él sólo en contadas ocasiones. El resto del tiempo se quedaba encerrada en el departamento. Jacinto siempre daba doble vuelta al cerrojo antes de alejarse; tiempo después, un día, ella me contó que no tenía copia de la llave.

Una de esas tardes en que él estaba fuera decidí buscar a Inés para conocerla. Como no pudo abrirme la puerta entré por la ventana del balcón. Ella estaba muy nerviosa. Tenía mucho miedo de que Jacinto me encontrara ahí.

—Tranquila. Conozco el sonido de sus pasos.

—No quiere que vea a nadie. Es muy celoso.

—Nunca me lo hubiera imaginado. Se ve tan tranquilo.

Sonreía con timidez. Jugaba con su cabello. Parecía contenta de hablar con alguien. Se disculpó por no ofrecerme nada de comer ni beber; dijo que Jacinto lo notaría de inmediato y descubriría la visita clandestina. Nuestra primera plática fue corta, pero después nos quedábamos conversando largo rato. Todo dependía de las ausencias de Jacinto y de mi hora de llegada de la oficina. Empecé a salirme temprano y tuve algunos problemas, pero no me importó demasiado.

En las noches, de todas maneras me asomaba por el balcón.

—¿Cómo conociste a Jacinto?

—Mi hermano compró uno de sus cuadros.

—¿Y luego?

—Nada. Vine a vivir aquí. Me gusta.

—¿Cómo sabes? Casi nunca sales.

—Si estoy con Jacinto, no necesito nada más. Bueno, sólo a Benito.

Así fue como me enseñó lo que había en la jaula que cargaba cuando llegó. Ni yo lo creía, y eso que lo estaba viendo: Benito era un murciélago blanco con la nariz y las orejas color de rosa, no más grande que un dedo pulgar. Inés dijo que pertenecía a una especie muy difícil de encontrar. Su papá era biólogo y se lo había regalado hacía casi un año. Benito sólo comía fruta y era la única compañía de Inés. Quería ponerlo en una jaula grande, que tuviera espacio para volar durante la noche, y Jacinto propuso hacer una en el balcón. Pero como no quería que ella dejara de visitarla, lo convenció de construir otra junto a la ventana de la cocina.

Días después, oí otra discusión. Inés estaba llorando:

—¿Qué te comiste?

—Nada.

—No mientas.

—Un pan.

—¿Y qué más?

—Galletas.

—¿Sabes qué significa eso?

—Tenía hambre.

—Malagradecida. Sólo quiero cuidarte. Convertirte en una diosa. Mi diosa para pintar.

—Lo siento.

—Sin ti no puedo pintar.

—Ya te dije que lo siento.

—Yo también. Ahora tendrás que ayunar mañana, para desintoxicarte.

—Está bien.

—Es lo mejor para ti, mi amor.

Inés no dejaba de llorar. Sentí tal angustia que fui, lo más rápidamente que pude sin hacer ruido, al balcón. Jacinto la abrazaba. Besó su cuello, su cara, como si nada hubiera sucedido. Tuve insomnio hasta el amanecer. En la tarde, cuando visité a Inés, le di una torta de jamón y queso y una bolsita de nueces. Comprendió de inmediato que había escuchado la discusión. Mientras devoraba la comida con una ansiedad que daba miedo, por fin me dijo lo que sucedía.

—Él me compra la ropa y me la pone. Llena la tina con agua caliente, lava mi cabello, me enjuaga y, después, seca todo mi cuerpo muy despacio. Tiene tanto cuidado que a veces de verdad creo que puedo romperme. Desenreda mi cabello, lo peina, me unta crema. Desde que estoy con él no he podido hacer nada más que lavarme los dientes, y darle de comer a Benito, porque Jacinto recorta mis uñas cuando crecen, me da de comer en la boca; hasta limpia mi nariz. Hizo un menú especial para mí. No me deja probar nada que tenga harina ni azúcar. Si me viera ahorita, me ahorcaría.

Sólo bebo agua a temperatura ambiente para no resfriarme, aunque haga mucho calor. Se preocupa por mí como nadie, y lo único que pide a cambio es que lo acompañe mientras pinta. Me despierta casi de madrugada, me lleva al estudio y me sienta a su lado, su pierna rozando la mía, y se pone a dibujar por horas, feliz. Pero si dejo de tocarlo un instante, se pone furioso. Dice que sin mí no puede hacer nada, que el pincel se niega a obedecerlo, que el papel o la tela ya no sirven. Y las rompe. El material no le dura por mi culpa. Y cuando volvemos a empezar y lo veo perderse en los trazos y los colores, si suspiro, deja todo porque dice que lo desconcentro. Nadie me había necesitado tanto.

En ese momento, sólo por unos segundos, la envidié profundamente. Quise tener a alguien que me cuidara con esa devoción.

Dos semanas después, desde el balcón, vi que Jacinto, tras darle un masaje largo, empezó a rasgar con las uñas trozos de su piel. Inés lloraba, se mordía los labios, pero no emitió un solo quejido. Vi cómo la espalda se le iba poniendo roja, y luego, cómo Jacinto la hizo volverse. El ritual nocturno empezó a cambiar y me sorprendí. Los gestos de Inés revelaban tanto dolor y placer que no pude soportar seguir ahí y regresé a mi casa. Caminé en círculos por la sala durante varios minutos y luego decidí salir a dar una vuelta, a pesar de lo tarde que era y de que podía ser peligroso. Dicen los vecinos que los delincuentes se reúnen cerca de los trenes. La verdad tampoco esa noche encontré ninguno, y eso que la estación puede verse desde la ventana de mi recámara. El ruido de los vagones y la locomotora me gusta mucho. Por eso me fui a vivir a ese edificio. A Jacinto también le gusta. Me lo dijo varias veces.

La tarde siguiente Jacinto no salió, así que no pude ver a Inés sino dos días más tarde.

—¿Cómo estás?

—Bien. Bueno, más o menos.

—¿Qué te pasa?

—Me duele un poquito la espalda.

—Si quieres, te doy un masaje.

—No, gracias.

—¿Cómo te lastimaste?

—Me raspé.

—Déjame ver.

—No es nada grave. Ya sabes que soy exagerada y me quejo mucho.

No sé cómo logré convencerla de volverse y enseñarme las heridas. Por un momento sentí deseos de cubrirla de besos, pero me contuve. Tenía toda la espalda rasguñada.

—Nada más te lastimaste las pecas.

—No te burles.

—¿Fue Jacinto?

—No, cómo crees. Me resbalé.

—No me digas mentiras.

—No podía pintar.

—¿Cómo?

—Ese día no pudo pintar porque le estorbaban mis pecas. Son horribles, tiene razón.

—¿Y qué va a hacer?

—Quitarlas.

—¿Todas?

La abracé y se soltó a llorar. Entonces decidí hacer algo. Ya no podía soportarlo más. Una noche que Jacinto y ella salieron al teatro, me metí a su casa. Busqué por todas partes algún dato de la familia de Inés hasta que por fin encontré una tarjeta con un número telefónico. Me despedí de Benito antes de irme, cosa que nunca antes había hecho porque su jaula siempre estaba cubierta por la tarde, y tomé un camión al Centro. Desde un local de por ahí marqué el número, con la idea de que no se registrara la larga distancia en mi recibo. No di mi nombre. Sólo les pedí que vinieran a buscar a Inés y les dije la dirección. A la mañana siguiente salí muy temprano de mi casa, pero no fui a trabajar. Vagué por las calles hasta que ya casi había anochecido y luego me senté en una escalera a esperar que diera la media noche. Sólo entonces me animé a volver a casa. No había comido nada y empezaba a marearme. Me preguntaba si la llamada habría surtido efecto y la sola idea me hacía sentir el estómago a punto de estallar. La cabeza no dejó de punzarme hasta el amanecer.

Descubrí que nada había pasado cuando Jacinto salió de paseo con Inés. En la noche lo vi rasguñar su pecho mientras ella apretaba con desesperación, entre los puños, el tapete sobre el cual se acostaban siempre.

Casi había dejado de esperar que llegara alguien cuando me despertaron varias voces discutiendo. Pegué el oído a la pared, pero pronto el escándalo creció tanto que no fue necesario seguir espiando. Tuve ganas de asomarme, pero me faltó el valor. Sólo escuché a Inés chillando que no quería irse, por favor, quería quedarse con Jacinto. Luego, golpes. El sonido de las puertas de algunos vecinos que también habían despertado y sí habían decidido asomarse. Al final, silencio. Sentí como si mi respiración se escuchara por todo el edificio, aún más fuerte que el chirriar del tren. Salí por fin. Jacinto estaba tendido en el umbral de casa con la cara manchada de sangre. Algunos curiosos se acercaron. Me enfurecieron tanto que los insulté hasta que se me quebró la voz. Como pude lo arrastré dentro y lo limpié; le cambié la camisa. Sabía dónde estaban desde el día que busqué el teléfono de Inés; sólo entonces me di cuenta de lo que había logrado.

Cuando Jacinto volvió en sí se puso a golpear todo lo que había en torno suyo. Sacó a Benito de su jaula y lo apretó con tanta fuerza que sus huesitos tronaron. Luego lo arrojó por la ventana. Se llevaron a Inés tan de prisa que olvidaron a Benito, y eso no me lo perdonaré nunca. Salí a buscarlo por la noche para enterrarlo en algún lado, pero ya no lo encontré.

Jacinto se encerró en su casa por varios días. En vano intenté hacerlo comer algo. Se negaba a abrir la puerta y la ventana del balcón también estaba cerrada. Yo le suplicaba que me dejara pasar, que quería estar con él. No había respuesta. Pensé que lo mejor sería esperar, darle tiempo para recuperarse. Sólo así podría tenerlo. A mi edad ya no es fácil que algo así suceda. Pero mi felicidad está con él, yo lo sé.

Unos enfermeros fueron a su casa antier. Dijeron que llevaba demasiados días encerrado, pero eso no es cierto. Yo iba a ayudarlo a recuperarse. Sólo necesita tiempo. Me necesita a mí. Desde que Inés se fue no he podido dormir bien. Temo que en cualquier momento vuelva en busca de Jacinto. De sólo pensarlo me dan náuseas. Lo único que lamento de su partida es que lastimaron a Jacinto. No tenían por qué hacerlo.

A Jacinto nadie lo conoce como yo. Ahora que Inés se ha marchado, sólo este malentendido con usted y su gente nos impide estar juntos. Usted parece una persona comprensiva, me ha escuchado con paciencia y confío en que hará que los demás entren en razón. Este no es lugar para un artista. Es preciso que me permita llevármelo de aquí. Que me devuelva lo que me pertenece por derecho, porque lo gané. Él y yo nos iremos juntos. Voy a llevarlo a pintar cerca de un río desde donde se oiga pasar el tren.

Ruptura del nudo

Lo abrigué con una manta para que no sintiera frío. Por el ventanal siempre se cuela un poco de aire y durante la noche el viento sopla con más fuerza. Falta poco para que despierte. Tendido sobre el sillón de plástico, bajo la lámpara apagada, parece tan indefenso. Duerme, pero aún así se queja. Lo más doloroso empezará cuando vuelva en sí. Cuando abra los ojos y se dé cuenta.

Todavía me tiemblan las manos, las rodillas. El castañeteo de mis dientes, su respiración densa y los gemidos, son lo único que escucho. No puedo concentrarme en nada más. Bebí una taza de té y ni siquiera eso pude digerir. Mi estómago la rechazó con un gruñido casi de inmediato. No tuve tiempo de llegar al baño y otra vez ensucié mi blusa. Pero ya no voy a ponerme otra. Lo único que me interesa es seguir al lado de Lee para ofrecerle disculpas cuando pueda escucharme.

En la mañana le di pastillas para calmar el dolor. Debí haberle extraído estas muelas hace semanas, pero tuvimos que posponerlo por el viaje. Otra vez Lee se marchó varios días a San Francisco "para cerrar ciertos contratos de la inmobiliaria". No sintió molestias hasta su regreso, me dijo. Aunque al principio se quejó ligeramente, le advertí que era necesario realizar la operación antes de que el dolor aumentara. Prefirió esperar y esta mañana las pastillas apenas lograron aliviarlo. Debía ir a la oficina para ultimar los detalles de su siguiente viaje y yo pensé que no tendría un momento libre para atenderlo hasta el anochecer. Aún así, intenté confortarlo al despedirnos. "Le pediré a Kim que no se vaya y te sacaremos esas muelas a la hora de la cena", prometí. Me dio un beso tras encender el motor del coche y arrancó antes de que mi asistente saliera a avisarme que acababan de cancelar la primera cita.

Sabía que si llamaba a su oficina para contárselo iba a enfadarse, de modo que le pedí a Kim que tampoco hiciera comentarios al respecto cuando él volviera. El cargo por la cancelación de última hora y, por lo pronto, un poco del dinero que he guardado a sus espaldas, impedirían que Lee notara la ausencia del paciente y me tachara de holgazana o incompetente o, peor aún, de no haber querido atenderlo temprano. Haríamos cuentas esta misma noche, para saber cuánto dinero depositaría en el banco en San Francisco. Queríamos comprar una casa con piscina y una habitación amplia para instalar mi consultorio. Por eso ninguno de los dos gastaba más de lo indispensable ni podía aportar una cantidad menor de dinero a la que acordamos desde el principio. Si no cumplía con el *pacto*, Lee dejaría de hablarme durante semanas; como la última vez, cuando permaneció en San Francisco más tiempo a propósito, para no verme. Me hizo creer que era porque había gastado más de lo debido y me sentí sumamente irresponsable. Protestó ante mi "absoluto desinterés" por nuestro futuro y se fue. Desde entonces amplié el horario de citas. De ese modo me entretuve durante sus ausencias, me hacía mucho bien estar ocupada porque si no, lo único que habitaba mi mente eran preguntas que no me atrevía a hacer: por qué se quedaba Lee tanto tiempo lejos de casa; por qué algunas veces era empalagosamente cariñoso y otras por completo indiferente.

Kim y yo nos sentamos en la cocina a conversar mientras aguardábamos la llegada del próximo paciente. "No te preocupes. No debí quitarme la bata", dije fingiendo sonreír cuando ella tiró accidentalmente el café sobre mi blusa. Estaba tan avergonzada que se disculpó no sé cuántas veces por su descuido, mientras intentaba en vano secar la mancha con un trapo. Es mi blusa predilecta porque Lee me la regaló en nuestro primer aniversario de bodas. Estaba dentro de una enorme caja de cartón llena de pétalos de rosas, entre los que encontré también un estuche delgado de terciopelo. En él había una cadena de plata anudada al centro, con pequeñas incrustaciones de zafiro. Al colocármela alrededor del cuello Lee enfatizó que la había mandado a hacer especialmente para mí. "El nudo significa que estaremos siempre juntos", dijo. Lo recuerdo con toda claridad. Prometí no quitármela nunca y ahora que la acabo de dejar sobre la mesita me siento extraña, como desnuda. Casi no puedo creer que un trozo de metal me haga sentir así, protegida antes, y desvalida ahora.

Caminé deprisa hacia mi habitación a mudarme de ropa. Kim es tan torpe que ya ni siquiera me hace enfadar. Estoy acostumbrada a su poca habilidad con las manos. No me explico cómo pudo elegir una profesión como ésta. Lee me ha sugerido buscar otra asistente, pero no tengo deseos de hacerlo. Ella no hace preguntas, obedece sin chistar y cobra poco. Son las cualidades que me repito a mí misma cuando creo que perderé la paciencia. En unas horas no sólo tendré que estar pendiente de Lee, sino de ella: en cuanto llegue voy a decirle que se vaya, que tampoco hoy vamos a trabajar. No debo olvidarme de entregarle la agenda, para que posponga las citas. Ojalá Lee no despierte antes de que ella venga. Le quité los zapatos y envolví sus pies con otra cobija para que esté cómodo y duerma mejor. Tal vez sería bueno inyectarle más anestesia en la boca, no lo sé.

No he podido estar tranquila desde que sonó el timbre y Kim me avisó que en el consultorio estaba una mujer joven a la que le urgía hablar conmigo. Me alisté tan rápidamente como pude y fui, un poco fastidiada, a ver qué necesitaba. Seguramente le dolía la muela o algo por el estilo, pero no podía entretenerme curándola, pues mi próximo paciente estaba por llegar. Le daría una cita para el día siguiente, pensé. Qué ilusa.

La muchacha tenía un embarazo avanzado. Me saludó nerviosa y después atropelló las palabras de tal modo que me fue imposible comprenderla. Cuando al fin logró controlarse un poco, no pude concentrarme en lo que decía. Toda mi atención estaba fija, paralizada en su cuello. De pronto, ella también guardó silencio y fijó su vista en el mío. Ninguna de las dos sabía qué decir.

—¿De dónde sacó esa cadena? –pregunté, aunque ya sabía la respuesta.

Siempre recuerdo que no debo preguntar lo que ya sé –lo que no quiero saber– cuando ya es demasiado tarde.

—Me la regaló Lee.

—A mí también, en nuestro aniversario.

—A mí me dio ésta cuando le dije que estaba embarazada.

Me senté porque las piernas no me soportaban. En realidad, lo único que alcancé a entender de lo que había dicho antes fue que vivía –vive– en San Francisco. No podía, no quería quitar la vista de su cuello. De pronto comprendí tantas cosas. Un líquido amarillento brotó por mi boca y escurrió desde mis labios hasta el sofá, me empapó el pecho y ensució la alfombra. Me pareció que no iba a acabarse nunca. Cuando levanté la cabeza descubrí que la muchacha ya se había marchado. Sólo estaba Kim mirándome sin saber qué hacer. De pronto desapareció y regresó con una toalla húmeda que me colocó en la frente y una taza de té que no quise beber.

Mientras me cambiaba nuevamente de blusa, Kim lavó la mancha de la alfombra y canceló el resto de las citas. La oí ofrecer disculpas y dar explicaciones confusas por teléfono varias veces al regresar de mi habitación. Por fortuna el paciente que esperábamos se retrasó un poco y no me vio. Cuando por fin acabó de hacer las llamadas se puso de pie junto al ventanal que da a la calle y no hizo ningún comentario acerca de lo ocurrido. Sentir que me compadecía –ni siquiera quería mirarme a la cara– me dio tanta rabia; le dije que se marchara. Como siempre, salió sin hacer ruido y yo me quedé sola.

Lee volvió antes de la hora prevista. Se quejaba de mucho dolor. Tenía la mejilla demasiado inflamada, pero aún así me dio un beso en cuanto abrí la puerta. Iba a decirle lo que había sucedido en la mañana, pero no pude. "Luego me cuentas cómo te fue hoy", insistió. Primero quería que le sacara las muelas que lo molestaban. Así que puse en su mano una pastilla pequeña y le expliqué que si lograba dormirse, el dolor disminuiría considerablemente.

—¿Y Kim? –preguntó mientras le servía un vaso de agua.

—Tuvo que irse –contesté.

Durante el tiempo que aguardamos a que el somnífero surtiera efecto me dijo que ya tenía arreglado su próximo viaje a San Francisco. Saldría en menos de una semana, y permanecería fuera más de diez días. "Los negocios allá están creciendo más de lo que imaginábamos –se disculpó–. Odio estos viajes. Lo único bueno es que podré llevarme el dinero para nuestra casa." De golpe, reparé en sus labios. En la facilidad con que dejaban escapar besos y palabras falsas. Y empecé a enfurecer.

Estaba ya muy adormilado cuando le inyecté en las encías la tercera dosis de anestesia. "Gracias", balbuceó antes de caer en un sueño profundo mientras yo acariciaba suavemente sus labios mentirosos. No podía olvidar la imagen del nudo de plata con zafiros en el cuello de la muchacha embarazada. Tampoco pude evitar pensar en el dinero de la cuenta, los chantajes, y en las ausencias tan frecuentes y cada vez más prolongadas de Lee. Me reprochaba a mí misma no haberle hecho preguntas, y me di cuenta de lo cobardes que éramos los dos. Él, por engañarme, y yo, por fingir que todo estaba bien para no enterarme de nada que pudiera herirme. Qué estúpida.

¿Por qué no me dijo la verdad? Siempre supo que lo único que no perdono en la vida son las mentiras. Las mentiras y –en ese momento me di cuenta– un hijo con otra mujer. Sobre todo un hijo con otra mujer.

Las manos me temblaron –pero muy poco a comparación de cómo tiemblan ahora– al quitarme la cadena. Lo primero que hice fue enredar las muelas enfermas de Lee en ella, no sé por qué.

Luego me senté muy muy cerca de él, hasta sentir su respiración densa junto a mi rostro y oler su aliento. Limpié con la lengua una mancha de saliva seca, blanca, junto a su boca. Después, con el índice en la comisura de sus labios, tiré de ellos hacia mí. No concebía que ahí dentro cupiera tanto cinismo. Casi sin darme cuenta, como por instinto, tomé con la otra mano las tijeras y empecé a recortar muy lentamente los bordes de su boca. Los filos se cerraron la primera vez sobre su piel mientras yo pensaba en el hijo que no he tenido porque Lee quería esperar a que nos mudáramos; la imagen de aquella muchacha de pie frente a mí me dio fuerzas para no flaquear; un rencor que no conocía –o que no había querido reconocer– estaba saliendo de golpe a través de mis dedos y veía la cara de Lee perder la sonrisa para siempre y seguía mi labor con más ahínco, con cuidado de no rebasar los bordes, como cuando se quiere hacer una figura perfecta de papel. Los dientes se le tiñeron de rojo oscuro. Se mancharon mis manos, mis brazos. Cuando por fin tuve aquella tira de carne blanda entre las manos, la acerqué a mi cara y rompí a llorar. Lloré con la cabeza acurrucada sobre su pecho. De repente, al darme cuenta de lo que había hecho, de lo que hice, intenté suturar la herida para que no se desangrara. Quedó mal, muy mal. Lo sé.

Me separé de él para ir por una cobija porque tiene las manos heladas. Dejé el pedazo de piel junto a la cadena y las muelas, sobre la bandeja de metal donde están mis instrumentos de trabajo. No me atrevo a volverlos a mirar. No quiero ni siquiera acercarme a Lee. Yo también siento frío. Hasta el ventanal me llegan sus quejidos amorfos, su respiración densa; escucho mis dientes, y las rodillas y las manos me tiemblan sin cesar; estoy empapada. Nunca había sudado tanto.

La que ríe mejor

—Por cierto, llamó Rita.

Con un movimiento brusco, Verónica se volvió para mirarlo de frente.

—¿Qué quería?

—Felicitarnos.

Guardaron silencio unos segundos.

—Me invitó a tomar una copa. Como despedida.

Ella se encogió de hombros. Se había propuesto fingir indiferencia cada vez que lo escuchara hablar de Rita, aunque la sola mención del nombre le provocaba un profundo malestar.

—¿Cuándo? –le preguntó por fin dándole la espalda.

Mientras giraba a uno y otro lado de su dedo el anillo que Miguel le había regalado poco tiempo atrás, pensó en Rita. En su piel blanca. Los ojos oscuros que se clavaban en los suyos primero con dulzura y admiración, luego con desdén. Recordaba perfectamente que el hábito de evitarle por completo la mirada había surgido más tarde, cuando Miguel estaba a punto de mudarse con Rita. Ni siquiera ahora lograba olvidar la tarde en que él le confesó la relación que sostenía con ella. Verónica no podría olvidarla nunca. Aquella noche en el hospital estaba tan viva en su memoria como en ese par de largas cicatrices de sus muñecas: ya ni siquiera se esforzaba por cubrir con las mangas de algún suéter las únicas marcas visibles que había dejado su desesperación. Apenas podía recordar el dolor físico. En cambio, tenía muy presente el que le había causado despertar en el cuarto blanco y enfrentarse otra vez con la certeza de que Miguel no estaba más con ella, sino con Rita. Rita y él.

Verónica sintió de pronto el impulso de ponerse de pie, ir hacia Miguel y amenazarlo. Advertirle que, si salía con Rita, al regresar ella ya no estaría en casa. Tuvo deseos también de quitarse el anillo y arrojárselo a la cara, pero en vez de eso lo apretó entre las manos con mayor fuerza. Porque no quería discutir más con Miguel acerca de Rita. Lo único que importaba ahora era que él había vuelto a buscarla, a pedirle perdón. A prometerle que pasarían juntos el resto de la vida. Entonces sonrió pensando que ya no habría nada que Rita pudiera hacer para evitarlo. Que, a final de cuentas, ella era la ganadora. Y que Rita lo sabía. Estaba segura de que lo sabía. A Rita perder siempre le había resultado insoportable, pero esta vez tendría que resignarse. Suspiró satisfecha, y sintió en ese momento unas ganas enormes de acompañar a Miguel a la cita, sólo para presumir su *triunfo*. Para tomarlo de la mano y demostrarle a Rita, de una vez por todas, a quién pertenecía. "A mí", se dijo. El orgullo que la colmó de repente la hizo abandonar la idea de ir con él; sí, en el fondo todavía la atemorizaba un poco que ellos se encontraran otra vez, pero se propuso disimular.

—Ve, pues. –Lo besó–. ¡Ah! Y déjale claro que será la última vez.

Al día siguiente, Verónica ya se había arrepentido de su decisión. Cuando Miguel fue a despedirse de ella estuvo a punto de decirle que se quedara, que había cambiado de parecer. Pero sólo le hizo una caricia en el cuello, justo en el lugar en que había dejado la huella amoratada de sus dientes la noche anterior para que Rita la viera. Caminó del brazo de Miguel a la entrada del edificio y después lo vio desaparecer entre los automóviles. Le encantaba observar la destreza con que dominaba la motocicleta.

Las primeras horas, Verónica estuvo sentada frente al televisor. Pero después de un rato ya no podía concentrarse en ningún programa. A cada minuto consultaba su reloj mirando de reojo hacia el teléfono o hacia la puerta con la esperanza de escuchar el sonido de la cerradura. Cambiaba incansablemente los canales tratando de no imaginar por qué Miguel se había demorado más de lo previsto. Y aunque intentara dirigir su atención a la pantalla, le era imposible controlar las ideas que acudían a su mente. Se consoló un rato pensando que tal vez se habría encontrado con algún conocido y estaría bebiendo con él. "A cualquiera se le va así el tiempo", se dijo. Luego empezó a sentirse un poco enferma. Apagó el aparato de televisión. Iba y venía sin cesar de la cocina a la ventana que daba hacia la calle aprovechando cada viaje para comer algo. Se acabó una caja entera de galletas antes de decidir servirse una copa, pero no pudo beber más que un sorbo. Pensaba en Rita. En su piel blanca y sus ojos huidizos, tan distintos y a la vez tan parecidos a los suyos. Había hecho su mejor esfuerzo para no llorar, pero no logró contenerse cuando, al amanecer, comenzó a vencerla el sueño y Miguel no había regresado.

Despertó casi a medio día. Apenas pudo levantarse de la cama porque le dolía el estómago. "Pinches galletas", se repitió mientras empacaba en una valija las pertenencias de Miguel. Lo correría de la casa en cuanto lo viera aparecer por la ventana. No iba a permitirle entrar siquiera. Rita no gozaría de nuevo la escena de su abandono. Esta vez sería ella quien tomara la iniciativa. Puso la maleta junto a la puerta y se sentó al lado del ventanal para vigilar la calle. En su mente repasaba una por una las frases que quería gritarle a Miguel. Insultos, maldiciones cuidadosamente elegidas: sólo aquellas que estaba segura lo iban a lastimar. Al caer la tarde se le ocurrió la posibilidad de que hubiera sufrido un accidente en la motocicleta, pero la idea le provocó tanto miedo que prefirió hacerla a un lado. Estuvo atenta casi hasta la media noche alternando su mirada entre el reloj, la calle vacía y el cesto de basura, lleno con pañuelos desechables húmedos y los papeles de colores en que venían envueltos sus chocolates favoritos. Se dio por vencida varias horas más tarde, pero no se acostó sin haber bebido una dosis de purgante mucho mayor que la de costumbre. Sí, casi cuatro docenas de chocolates –¿o más? ¿cuándo había perdido la cuenta?– habían sido demasiados…

Salió hacia la casa de Rita cuando ya había amanecido. En su mente se confundían las imágenes del pasado con las de sus temores presentes, con las palabras que se había dicho a sí misma durante las últimas horas y las que reservaba para reclamar a Miguel su deslealtad. Cada vez le importaba menos lo que pensara Rita. Sólo quería insultarlo, darle un golpe. Escupirle la cara después de arrojar el anillo al suelo.

—Dónde está Miguel.

—¿Qué te pasa?

—O sale, o…

—No está aquí, Verónica.

Ella la miró, incrédula.

—Te lo juro. No lo he visto desde antier.

—Desde que salió a verte no ha regresado a la casa.

—Ese no es mi problema. Y ya tápate esos brazos, carajo. Das pena.

Rita azotó la puerta.

Durante varios minutos Verónica no supo qué hacer. Se apresuró a regresar al departamento, quizá Miguel ya estaría de vuelta. Pero cuando llegó, la maleta continuaba intacta, no había señales de él.

Pasó varias horas haciendo llamadas a los amigos, la policía y los hospitales. Por último habló a su trabajo para explicar lo que ocurría y avisar que, por lo pronto, no le era posible presentarse. En ese momento no le preocupaba su empleo, sólo podía pensar en Miguel. Se sentía cada vez más desesperada. Culpable por haberle permitido salir solo a ver a Rita. Con una fotografía de Miguel en la mano fue al lugar de su encuentro, pero ninguno de los empleados pudo darle razón de él. Al regresar al departamento sacó la ropa de Miguel de la maleta y la acomodó en su sitio con más delicadeza que nunca. Mientras la guardaba de vuelta en los cajones y el armario se reprochó a sí misma los insultos que había planeado decirle. Sólo deseaba verlo de nuevo, que las cosas fueran como antes. Casi por inercia se puso el suéter gris; todavía tenía un leve olor a su colonia. Dejó que las mangas le cubrieran por completo los dedos de las manos. Se propuso no quitárselo hasta que regresara Miguel.

Las tardes y noches siguientes Verónica permaneció junto a la ventana. Con el teléfono sobre las piernas y la vista fija en la acera. Esperaba descubrir a Miguel de un momento a otro escurriéndose entre la gente para entrar al edificio. Ya no le apetecía comer bombones ni prepararse un trago. Buscaba evitar a toda costa cualquier tarea que la alejara de su *mirador*. Sólo iba a la cocina por un poco de agua cuando la sed era insoportable; cuando las piernas empezaban a doler.

La llamada fue breve. Podía pasar por la motocicleta a la jefatura de policía. Le faltaban solamente algunas piezas. Pero de Miguel no había rastro alguno. Verónica averiguó que la habían encontrado en el área cercana al bar en que él y Rita se habían visto, así que decidió regresar ahí y preguntar de nuevo. Esta vez un joven empleado lo identificó. "Creo que lo vi salir con una señorita." Verónica salió deprisa sin detenerse siquiera a pedir más detalles, a dar las gracias por la información. Sentía el mismo dolor de la mañana aquella en el hospital. Rabia. Impotencia.

—Dime qué le hiciste.

Rita sonrió y negó con la cabeza.

—Pobre. Te ves muy mal. Por lo menos podrías haberte puesto un suéter limpio, ¿no?

Verónica la miró fijamente. Suplicante.

—Es más, un baño te caería de maravilla –agregó Rita.

A Verónica se le quebró la voz.

—Dímelo ya, por favor.

Guardaron silencio unos segundos. Luego, Rita bajó la mirada hacia las manos de Verónica.

—Parece que no te sirvió de mucho –dijo señalando el anillo, y suspiró.

Ella iba a responderle, pero no pudo proferir palabra. Rita se dio cuenta y dejó escapar una risilla nerviosa. Antes de cerrar la puerta con un golpe, agregó en voz baja:

—Acéptalo, hermanita. Perdiste.

La Ruana

Bajó del coche y me dejó llorando. Lo seguí con la mirada, pero ni una sola vez se volvió hacia atrás. Desapareció pronto entre la gente que corría por la calle en busca de un techo para protegerse de la tormenta. No sé cuánto tiempo transcurrió hasta que pude contener el llanto, sólo recuerdo que ya había anochecido cuando por fin llegué a casa. No sentía deseos de entrar. Estaba insoportablemente vacía desde que Ismael había decidido mudarse.

De nada valieron las súplicas ni las promesas; recordarle nuestros momentos de amor sólo hizo más difícil la despedida. Le sobraban pretextos para irse, pero unas semanas más tarde me enteré de que el más importante tenía mi edad y se llamaba Gina.

La furia y el dolor se mezclaron en mi vientre esa tarde lluviosa en que nos enfrentamos de nuevo. Los días se me habían hecho interminables. Por las noches, la imagen de Ismael durmiendo al lado de otra mujer se me clavaba en el pecho. No sé por qué me era imposible pensarlo solo o evocar escenas de nuestra vida en común. De golpe, en mi cabeza nada más estaban Ismael y Gina, ese nombre sin rostro definido que me suplió en los desayunos, en las caricias, que robó mi futuro y no dejó más que una casa vacía a la que detestaba regresar.

Sentados en mi automóvil le reclamé a Ismael su cobardía. Escuchó en silencio los reproches, y cuando por fin me miró de frente, me sorprendí. Sus ojos parecían de tierra. Unos segundos bastaron para que en su opacidad mi mente dibujara una y mil Ginas haciendo planes, jugando, abrazándolo. Vi sus labios y sentí asco. Dolor y asco de imaginarlos sobre otra piel. Pero también crecieron mis ansias por recuperarlo, porque lo había esperado durante mucho tiempo. Antes de conocer su olor, su voz, yo ya tenía mi vida reservada para él. He oído a muchas mujeres describir la satisfacción que sienten cuando encuentran un nuevo amante. Yo, en cambio, siempre soñé con tener sólo uno al cual dedicarme por entero. Nunca creí que perdería a Ismael, menos aún que fuera capaz de traicionarme. Por eso lo insulté y le di una bofetada cuando intentó besar mis manos a manera de disculpa. No hay perdón para quien rompe así un proyecto de vida.

A nuestro encuentro le siguieron muchos días de mal humor, noches de gritos ahogados y, al despertar, la certeza punzante de que Ismael no estaba solo. La rabia maduró poco a poco entre mis dientes hasta que una mañana decidí ir a buscarlo. Cuando me vio se puso nervioso, pero se esforzó para disimular. Sus compañeros me saludaron con amabilidad y estaban a punto de dejarnos solos cuando los detuve diciendo que quería invitarlos a una fiesta. "Me voy de Xalapa. Será una reunión de despedida", les expliqué. Rápidamente añadí que planeaba permanecer fuera durante varios meses: tantos como mis ahorros me lo permitieran. Una vez a solas con Ismael, le ofrecí mi amistad. "Siento de veras haber tomado las cosas con tanta inmadurez", concluí.

Debajo de la falda mis rodillas temblaban sin parar. A partir de ese momento no podía permitir que nada saliera mal.

A Gina la vi por primera vez esa misma tarde. Seguí a Ismael cuando salió de la oficina y se encontró con ella en el parque de Los Berros. La niebla y la distancia no me permitieron distinguirle el rostro claramente y por un momento sentí el impulso de acercarme más, pero me contuve. Mi única intención, en ese momento, era averiguar dónde vivía para después observar su rutina. No esperaba que la casa estuviera tan cerca del parque, así que aún tuve tiempo de ir después al café a invitar a algunas otras personas a mi fiesta.

Sentía el estómago descompuesto. Lo que mi mente podía imaginar era mucho más terrible que ese simple paseo por los lugares que antes nosotros frecuentábamos. A pesar de esto hice un esfuerzo por beber un par de *lecheros* y comer algunos bocados de pan dulce antes de regresar a casa. En el camino estuve a punto de toparme de frente con Ismael, que hacía su acostumbrada caminata nocturna por las calles de la ciudad, pero lo vi a tiempo y crucé la acera. La cabeza me daba vueltas cuando por fin me acosté arropada –como siempre– en la ruana que él me regaló.

No fue necesario espiar a Gina por más de cinco días para tener una idea clara de su rutina cotidiana. Era maestra de francés en un pequeño instituto, hacía ejercicio en un gimnasio poco concurrido y, al parecer, no tenía amigos. En su morral traía siempre, entre algunos otros, un libro grueso que me llamaba mucho la atención. Tiempo después me di cuenta de que era de mitología.

La mañana de la fiesta la casa me pareció más triste que nunca. Los adornos, las fotografías y gran parte de la ropa estaban ya guardados en cajas y bolsas. De entre los invitados, uno de los primeros en llegar fue Ismael, solo. Lo saludé cortésmente y le ofrecí algo de beber. Apenas cruzamos dos o tres palabras más el resto de la velada. Al amanecer aún no se había marchado: algunos de sus amigos lo convencieron de quedarse a desayunar. Sonreí satisfecha pensando en que, esta vez, sería Gina quien lo hiciera sola. Más tarde Ismael y yo nos despedimos con un abrazo, pues habrían de pasar muchos meses antes de volver a vernos.

Los titulares de la nota roja del periódico local destacaban el crimen en letras enormes. Habían encontrado a Gina muerta en su casa. El reportaje explicaba que las autoridades descartaron la idea de un asalto, pues al parecer todo alrededor estaba en orden y ningún objeto de valor se había perdido. Ismael fue encarcelado en el penal de Pacho Viejo porque hallaron sus huellas en el cuchillo con que Gina fue asesinada. Acudí a verlo en cuanto pude reunir mis cosas y *regresar* a la ciudad.

Su celda estaba aislada de las otras. El aire húmedo y encerrado del lugar me dio escalofríos desde que entré. Le llevaba como obsequio una frazada, revistas y un guisado de carne con champiñones, su favorito. Nos abrazamos y me dio las gracias. "Adelgazaste, y ese nuevo color de cabello te sienta bien", dijo. Luego me contó cómo había encontrado el cuerpo de Gina y lo que había ocurrido desde entonces. Lloró entre mis brazos mientras le acariciaba el cabello y le decía palabras de consuelo al oído.

Conseguir la autorización para hablar con él no había sido fácil, pero una vez que la obtuve, di dinero al encargado para asegurarme de que nadie más pudiera verlo. A partir de ese día lo visité diariamente sin falta. Poco a poco Ismael fue recuperando la calma y me pidió que permaneciera más tiempo a su lado.

Alquilé un pequeño departamento en el camino hacia Pacho. "¿Dónde estuviste?", me preguntaban los amigos al reconocerme en el café. Me divertía mucho verlos titubear antes de acercarse a saludarme. "Lejos; por ahí", era mi respuesta. Después, de lo único que hablaban era de Ismael y de la muerte de Gina. "Tiene prohibido recibir visitas, ¿sabes?", me decían, entre preocupados y morbosos, y yo sonreía, "¿Qué se le va a hacer?". Habría dado lo que fuera por ver su expresión si se enteraran de que, en realidad, estuve sólo unas semanas en un pueblo diminuto no muy lejos de ahí, y el resto del tiempo escondida en la ciudad.

Me temblaban las manos cada vez que salía de mi pequeño cuarto alquilado para ir al gimnasio donde Gina hacía ejercicio. Recuerdo claramente su cara de ratón asustado cuando me presenté. Nos veíamos nada más en ese lugar y lentamente fui ganando su confianza. Por momentos sentí una gran pena al oírla hablar. Era huérfana. Muchas veces me dijo que lo único que tenía en el mundo era a Ismael. Cuando fui con ella a su casa, él no estaba. Tardaría al menos una hora en regresar, me dijo, y asentí, porque ya lo sabía: sus caminatas nocturnas siempre duraban eso.

Forcejeó un poco cuando le cubrí la nariz con el pañuelo empapado de cloroformo. Lo demás fue rápido. Las notas de los diarios se habían equivocado al decir que Gina sufrió. Fui generosa. Mis noches de insomnio y soledad fueron mucho más largas y terribles. En cambio, ella no sintió cuando abrí su cuello, ni cuando corté cada uno de sus dedos a cuenta de las caricias que me robó. Miré largamente su rostro y lo comparé con los que había imaginado antes de conocerla. Tuve que aceptar que, a pesar de tener los ojos en blanco y las mejillas salpicadas de sangre, era hermosa. Tanto, que le di un beso en la frente antes de irme.

Ismael ha vuelto a ser cariñoso conmigo. Me necesita. De noche, cuando me acuesto y me arropo con la ruana que me regaló y hojeo el libro grueso de mitología, me invade una enorme sensación de paz. Al menos tengo la certeza de que mi hombre duerme solo.

Dulce Valeria

La última vez que la vi vestía un suéter azul de cuello alto y un saco negro. El cabello castaño le caía sobre los hombros y los labios gruesos, pintados de color vino, resaltaban como cerezas incrustadas en su rostro. No tenía las mejillas sonrosadas ni los ojos luminosos, sólo los labios brillantes en medio de esa palidez adornada con pestañas negras como de muñeca. Valeria tenía cara de figura de trapo. Ojos enormes, piel blanca, melena rizada. Era la hija de un padre muerto al que soñé sólo una noche dándome su bendición; el fruto de una mujer que no pudo resistir un respiro más de vida y murió de asma. Sola, llegó a mí apenas a los veinte años, plena de ideas, con tantos dolores viejos ocultos bajo los párpados gruesos que al principio me dio miedo sostenerle la mirada.

No sé exactamente cuándo se me ocurrió. Sé que comimos juntas muchas tardes, que nos tomamos de la mano cientos de veces, que yo también estaba sola. Sus dedos largos me ofrecieron una pluma por vez primera. Aquellas manos en las que cada vena se adivinaba con certeza de mapamundi me narraron historias que nunca antes había creído posibles. Y yo quise hacer las *–hacerlas–* mías. Inventar nuevas caras y palabras también; adoptar el sonido de sus dedos al teclear en la vieja máquina de escribir. Pero no podía. Cada párrafo suyo cantaba mi inutilidad, mi ineptitud, porque los personajes de su vida bailaban mientras los míos arrastraban los pies sobre el papel en blanco y morían arrugados en las hojas hechas marañas en el suelo.

Su voz aguda quemaba como el sol. La tarde en que sentí que estaba a punto de ampularme los oídos y que mis dedos no darían para más, llegué a la decisión final.

La noche perfecta llegó pronto. En medio de un casi interminable brindis festejando su primer libro la hice dormir. Di gracias a Dios por la química y la medicina; gracias por mi botiquín siempre bien surtido por el siquiatra que creía en las curas para la depresión en forma de pastillas; gracias por el manuscrito acurrucado sobre el escritorio; gracias porque Valeria cayó rendida y así ya no fue difícil interrumpirle el aire.

Lamí su nariz para saborear su respiración, su boca para probar su aliento. Dormida, la suavidad de sus dientes y de su lengua la hacían una completa muñeca de terciopelo vestida de azul y negro. Ya desnuda, la exploré largamente antes de romper su piel. El primer pedazo supo extrañamente dulce. Suave. Las piernas y los brazos aguardaron mi hambre con paciencia en el refrigerador. Con su cabello rellené un cojín pequeño que cosí con esmero y guardé en mi bolsa a manera de amuleto. Tela roja para guardar mechones largos. Largos los dedos que dejé para el final. Aquellas manos que habían dibujado en palabras perfectas los mundos que yo no era capaz de imaginar estaban ahora entre mis dientes. Los huesos, más tarde, todos, en la tierra.

Por fin Valeria era mía y yo era ella. Ella, sus nervios, sus ideas. Saber que sus miedos y sus ayeres descansaban en mi estómago y no la mortificarían más me hizo sentir feliz, porque la felicidad –entonces lo supe– es arrebatarle a mordidas el dolor a los demás y hacerlo dormir y añejarse en el vientre sin decir nada. Valeria y sus personajes entraron en mí y conocí el sabor de su sexo y de su saliva y de su sudor; los devoré al calor del carbón durante días. Después, sólo la pluma compartió mi secreto. Aquello que únicamente sus ojos –que a propósito tan despacio degusté– habían visto se coló entre mis palabras y cuando guardé su mundo en las primeras líneas tras la larga digestión, supe que todo había valido la pena.

La última vez que la vi vestía este suéter azul de cuello alto y este saco negro y sonrió al mirarme antes de dormirse. La última vez que la mordí no era más que una figura blanda y amorfa entre mis manos y sus ideas, el principio de muchos libros con mi nombre en la portada.

Esta obra se terminó de imprimir
En enero de 2000 en los talleres de
Litográfica Ingramex, S. A. de C. V.
Centeno 162 Local 1 Col. Granjas Esmeralda
Delegación Iztapalapa
México, D. F.

El tiraje consta de 1500 ejemplares
más sobrantes para reposición.